JN263143

放哉評伝

村上 護

放哉文庫 春陽堂

若かりし
尾崎放哉

目次

＝鳥　取＝

春の山のうしろから烟が出だした　　　放哉

孤絶の俳人放哉の辞世である。その日は春先の晴天で、風のない日だったに違いない。野や山の枯草に火を放って焼き払う光景を、かつてはよく見かけたものだ。牛馬のための草刈山が多かった昔は、山焼きは春における風物詩の一つ。歳時記にも春の季語として、山焼き、野焼き、草焼く、丘焼く、焼畑つくる等の語が収録されている。

放哉が終焉地《しゅうえんち》と選び、その生涯を閉じたのは小豆島にある南郷庵であった。庵についでは後に詳しく書くつもり。庵にたった一つあった窓から眺められる光景は、低くてなだらかなむかで山。聖天さまが祀ってある。辞世にある「春の山」は、この実景を詠んだものだろうか。この句は、放哉が息を引きとった日、枕頭《ちんとう》にあった厚手の紙片に書かれてあったという。

　話は飛ぶが、この「春の山」の句は放哉が生まれ育った鳥取市の、菩提寺である興禅寺境内に句碑となっている。建立は没後四年たった昭和五年（一九三〇）四月七日、その報告もかねた記念誌『春の烟』が発行されたのは十一月二十五日。当時は四十一歳で亡くなった放哉の思い出を語れる人も多く、記念誌に十数人の追憶が収録されている。放哉と同じ町内源太夫山《げんだいやま》真下の少年組の一人であった福光美規氏は、当時を回想して、「僕達五六人の子供が市外の何処かへ遊びに出かけたのであつたら
う。まだ目的地に行き着かない途中のことで、路傍《みちばた》の土手一面に美しく枯れた芝草、それに誰かが火を放つた」ことを書いている。腕白少年どもの悪戯《わるふざけ》だ。その情景が三十余年後、放哉の顔と一緒にひょいと眼前に浮んで来たというから、よほど印象にのこる思い出だったのだろう。回想文は続く。

「枯草を焼く、それについて又一つ思い出した。

　近藤兄。（記念誌の原稿依頼者であり、放哉とは鳥取中学の二年後輩・筆者）雅兄はその少年時に於て、この枯草の火の、燎原の火の誘惑に打ち負かされた記憶は無いか。僕達は屢々《しばしば》その誘惑に牽き入れられた。尾崎君もである。

尾崎家の菩提寺興禅寺境内の句碑
「春の山のうしろからけむりが出だした」
荻原井泉水筆（鳥取市栗谷町）

前記源太夫山（ゲンダイヤマと読む）の低い方の山『小源太夫《こげんだい》』は、山と云ふよりも寧ろ丘で、僕達麓の少年にはいゝ遊び場であつた。その平坦な頂に一本の松があり、今はどうか知らないが、その松の木の下を少し離れた一面に芝草があつた。芝が枯れるとそれに火をつけたくなる。火をつけて、余り燃え拡がらないうちに消しはするが、消してはまたつける。或る時、風の具合でその火が意外の方向に燃え伸び、僕達は泡を喰つて、脱いだ羽織でバタバタと火を打つた。打つに従つて一部は消える。が、打たれた隣の火は、羽織の風に煽られて益々燃え拡がる。一同青くなつてこの無効な揉消運動に狂奔してゐると、尾崎君、突然、脱いだ羽織を頭から被り、被るが早いかゴロゴロと火の芝の中を転がり出した。当意即妙。一同それに倣《なら》つて、危く火を消し止めた。十二三歳の尾崎君は、さういふ少年であつた」

危険な火遊びだが、福光氏も書くように火の誘惑には誰もが打ち負かされやすい。それほど小源太夫での火遊びはおもしろかったようで、放哉はいつしか春の山を好むようになっていた。実は傍証ともなる一文を、彼は梅史の雅号で、鳥取一中の五年生のときに書いている。時に十六歳となっていたが、ここにすべての文学的萌芽があるとも思えるので、全文を引用で示しておこう。

「山、と云ふと、僕はすぐ春の山、と云ふ連想を起すのである。『春の山重なりあひて皆まるく』と云ふ子規の句がある、がすべてかわいらしい、やさしい、おだやかな、等の平和的の文字文句は、皆此春の山にそゝがれて居るではないか、或者は単純なる思想だ、と云ふてけなすかもしらん又或者は直線なる思想だ、と云ふてけなすかもしらんが、僕ハ飽までも此思想を主張するのである否、東洋の吾々青年としてかく考へるのが真だと思ふのである、山と云ふと僕はすぐ春の山を思ひ出すのである、春の山ありて山がないのである、嗚呼《ああ》春の山春の山」

どこか老成したところも感じられるが、これが元々の性格であったかもしれない。放哉は傲岸無礼な男のように言われても、根はかわいらしい、やさしい、おだやかな人間であった。それがもちろん春の山への嗜好に、直接は結びつくまい。けれど放哉の中では時空を超えて、鳥取の源太夫山と小豆島のむかで山とが、微妙に呼応しているのに思い至るのである。

放哉が小豆島の南郷庵から、友人に出した手紙も紹介しておこう。話題は雪風だが、ここでは明らかに時空を超える句作の秘訣を語っていて興味ぶかい。

「　△松山雪風をならしはじむ

之ハ全く、御察しの通り、北国と同様な私ノ小サイ時、日を送つた田舎の日本海に面した雪国での連想ソレニ、此ノ島、がよく風が吹く……風が吹くハヂメはるかサキの山の松風がサー〳〵となり出す、ソレと二つが重なつて、出来た句なのです……

私が小サイ時……未ダオバーサンが生きて居ました……（私ヲ非常ニ愛シテくれた、オバーサン）……其ノおバーサンの専有の炬燵ノ中ニスベリ込んで『オバーサン』からイロ〳〵昔し話し（童話ヲ）をきく……其ノ時裏山の松林がサー〳〵と鳴り出します。

スルト、……おばあさんは（雪風が来たぜ）と申します……スルト此、一両日中ニハ雪がふるのです、之が……未だに、忘れずに居ます……余程、私ノ『感じ』がヨカツタモノト見エマス……さう云ふワケ……句として大したものぢやありますまいが、私ニハ夢のやうな……涙ぐましい、思い出が、次から〳〵と雲の如く湧いて来て小サイ時の『平和』そのもの丶様な色々な事ヲ思ひ出して全く一人で泣かされるのです……

今は四十にして妻ナク子ナク、家をなさず、乞食同様な焼米生活……矢張り人間デスネ……ツイ子供の時ニカヱルと矛盾が出来て、泣いてしまふのですよ、呵々……御笑ひ下さい、サヨナラ」

引用が長くなってしまったが、どれも直接資料なので生のままで読んでほしかった。といって片仮名混りの放哉書簡は、ちょっと読みにくい代物《しろもの》である。だけどじっくり読んでいけば苦心の文体で、その人となりが自然と伝わってくるはず。煩をいとわず今後も味読してもらいたい。

ところで書簡の文面からも分るとおり、放哉にとっての故郷は、単に生まれ育ったというだけのものでない。句作においても、それは重層として奥にあるものであろう。私は放哉伝を草するに当って、先ず鳥取の歴史風土から考えてみたい。

鳥取県にはジェット便の発着できる空港が二つある。一度、島根県庁のある松江市に所用で出かけたときは米子空港を利用した。今度の放哉取材の旅では、東京から鳥取空港へと直行。それにしても人口六十万余、日本全土の一パーセントを占めるだけの小さな県で、空港二つとは少々不釣合にも思えたが、いかがなものか。空港が多いのは結構なことだろう。現在では都市の発展に欠かせない核かもしれない。そして現状でも、鳥取県には中核となる都市が二つあることを物語っている。鳥取市と米子市だ。

鳥取県が誕生するのは明治四年（一八七一）の廃藩置県によってであった。因幡《いなば》と伯耆《ほうき》の両国が一つになり、播磨国の一部を加えたもの。それが明治九年には太政官令によって廃止となり、島根県に併合されたのである。このため三百年間にわたり政治の中枢をほこった鳥取町はたちまち衰退。役所の多くは松江に移されてしまったから、職を失う士族が続出した。

鳥取町は池田家鳥取藩三十二万石の城下である。戦国乱世にまで遡《さかのぼ》れば目まぐるしいが、徳川家による江戸幕府の体制は固まり、元和三年（一六一七）に池田氏が入部することで安定。その支配地は近代の鳥取県域と重なり、強固な幕藩体制を構築していった。

その意味で鳥取県は二百五十年の藩政を継承したともいえようが、内部事情は複雑であった。池田氏の本貫地は美濃国池田郡池田荘であったが、はじめ織田信長に加担。その後は豊臣、徳川の政権に依拠して大きくなった近世大名の一つであった。最初の鳥取入部は池田光政だったが、統治したのは十五年間。その後は国替えによって、従兄弟の池田光仲が備前国から入部している。ときに藩主は三歳の幼少、これに代わって家老政治が行われた。

鳥取藩の筆頭家老は荒尾氏で、池田家とは外戚関係にもあった。これがしばらくは藩の仕置の柱となるが、鳥取西部（伯耆）の要地米子城を預かっていたのも荒尾氏だったという。

鳥取県がつぶされて島根県に合併となったのも、それなりの理由はあったはず。かつての鳥取城下（因幡）では恐慌をきたしたが、米子地方ではそれを喜ぶ者も多かった。なぜかというに距離的にも、鳥取県庁より松江の方が近いこと。海運によって出雲との交流はより盛んであったという事実。いやそれ以上に、因幡と伯耆の風土の違いが、対立感情にまで高まっていたかもしれない。

かつては三十二万石の鳥取藩が、十八万石の松江藩に合併されるのは屈辱だった。さらに許せないのは賊軍佐幕派の先鋒だった松江藩と一緒になるのは、討幕運動で活躍した鳥取藩士として、恥辱以外のなにものでもない。こうした不平士族が結束し、鳥取県再置運動を強力に展開した。その中心は士族の結社である共立社や悔改社（のち共斃社）で、鳥取町では暴発寸前の不穏な空気がただよっていたという。

これら血気にはやる連中の行動を憂慮したのは、かつての上層武士階級で県や郡役人となっている者たちが組織する愛護会であった。これが政府に陳情書を出し、島根県令みずからも鳥取県再置の建議書を提出。やがて、参議兼参謀本部長の山県《やまがた》有朋《ありとも》が動き、明治十四年に鳥取県の再置が決まったのだという。

山県有朋は再置決定に先立って、鳥取県下を巡視している。その情況を伊藤博文らと討議し、旧大藩士族たちの不平が反政府的な自由民権運動と結びつくのを恐れて再置を決めた。それにしても山県が視察してみて驚いたのは、鳥取において士と民の尊卑が隔絶していることだったという。当時の言によれば、いまだ旧藩時代の弊風から抜け出せず士民ともに貧窮しているのは、一方は海で三方は山に囲まれ、陸の孤島のような土地であるからだと指摘。この頑迷な鳥取人に光明を与えるには、交通運輸の便をよくしてやらなければならない、と語ったという。

山県の言ではないが、鳥取城下は地理的にも四方から隔絶されているため、多くの災害を被っている。たとえば近い時代では、昭和十八年の鳥取大震災で建物の九割が全壊あるいは半壊した。二十七年の大火事では五千三百戸を焼失。こうした災害の歴史を遡って調べれば、放哉が生育していたころにも大火や洪水が頻発している。これは気象の影響だといわれ、一つは鳥取におけるフェーン現象に因があるらしい。また伊勢知風とよばれる北西方向からの強風は、鳥取城下の西を日本海へと流れ出す千代川の水を押しもどすほどで湿地帯に水が淀み、町の洪水被害を大きくした。

放哉が生まれた年の明治十八年、そして翌年にも大水害があったという。ために県民は過重の税金に苦しみ、政府のデフレ政策による農村不況とあいまって、耐乏生活を強いられた。税金が払えなくて逃亡する村人も多かったようだ。鳥取城下には数百人の乞食がさまよい、「ご報謝、ご報謝」と物乞いして歩いていた。また孤児も多かったようで、孤児のための八橋郡育児会が設けられたのもそのころである。

もちろん現在の鳥取市は昔と違う。ＪＲ駅前から若桜街道沿いに県庁まで、近代的ビルによる防火建築帯がつくられている。大災害のあったことはもう昔の語り草だ。けれどここでは放哉が生まれ育ったころのことを探索している。

かつての鳥取藩は三十二万石、実際の石高は四十数万石はあったろう。かなりの大藩で、権力機構の中枢は鳥取城を中心に、その城下に集中していた。たとえば城の本丸山上から見おろせば、何れの小路小路も町陰なく、人通りが見えるような町割である。町には東西に走る三本の基幹街路があり、町屋は、大手の智頭街道、その北の鹿野街道、南の若桜街道の三街路を中心に形成されていた。池田家の家臣団は城郭を核として、格式や禄高の高い者が内側、少ない者ほど外側にと同心円状に屋敷を構えている。すなわち七百石以上の者は惣堀内に、それ以下の禄高の者は湯所、江崎など山麓の侍町に居を構えた。放哉の尾崎家はそれより外れ小身だが、詳しいことは後に書こう。

とにかく鳥取城下には武家屋敷が威風をほこり、士分の者も多かった。これが明治維新によって禄を失い生活苦に陥るわけで、救済策はとられたが十全ではなかったようだ。たとえば窮乏の一例としては、明治十五年(一八八二)十二月二十三日付の「大阪朝日新聞」で、鳥取の士族のうちには餓死するものが多かった、と報道。また新天地を求めて他県に移住する士族も多く、明治十六年から数回にわたり、北海道へと出ていった戸数は計七百余にものぼるという。釧路に住んで開拓に従事した人々は鳥取村をつくり、現在ではそれが発展して鳥取町の名をのこしている。

もちろん父祖の地に住んで、地元で活躍した士族も多い。その働き場所は官庁関係で、明治後期にいたっても、それらの人々が県政にはばをきかせ、弊害にもなっていたというのが事実である。

とにかく放哉が生まれ育った鳥取城下は、なお封建時代の弊風が強く、かの山県有朋をして士民尊卑があまりにも隔絶している、と驚かせたところ。そのあたりを予備知識として、次節は放哉の出自についてみていきたい。

山火事の北国の大空　　放哉

尾崎家

又も夕べとなり粉雪降らし来ることか　放哉

雪が降りだすと雪国育ちの放哉には、故郷を思い出すことが多かったようだ。彼もまた人の子である。

放哉というのは後の俳号。いまではこれが通称ともなっているので、原則的にこの名を使うが、本名は秀雄という。明治十八年（一八八五）一月二十日、鳥取県邑美《おうみ》郡吉方町百四十五番地に生まれている。現在の鳥取市吉方町二丁目二一〇番地あたり。生後約一年目の明治十九年一月十三日に、なぜか法美郡立川町一丁目五九番屋敷（現、立川町一丁目九六番地付近）へ転居している。昭和三十八年になって、その場所に「尾崎放哉誕生之地」の石の標柱が建てられているが、正確には成育地だ。

尾崎秀雄は父信三が満年齢で三十五歳、母なかが二十九歳のときの子で、六歳上

に姉並がいた。戸籍上は明治八年生まれの長男がいたが五歳で死亡しているので、

放哉生育の地。
背景は源太夫山

秀雄は待望の跡継ぎ誕生といったところ。

吉方町は江戸期の鳥取城下と隣接し、いつしか家並み続きとなって町場化し、明治二十二年には鳥取市に所属している。この地域にも侍屋敷が多く、およそ百二十軒。その一つが足軽の尾崎家であった。父の信三は明治三年に兄の死によって尾崎家の家禄を相続し九代目、三十俵四人扶持の卒族となっている。

父信三は慶応四年（一八六八）における鳥羽・伏見の戦で、鳥取藩御徒大砲隊の御雇砲手として活躍。薩長に味方したために官軍となり、戦功によって永世賞典を授けられていた。明治五年には卒族の称が廃され、このとき禄高を世襲していたから、辛くも士族に編入されている。卒族でも禄高がなければ平民となった。

尾崎家の遠祖というのは鳥取より東南方の地、若桜に古くから住む郷士であったという。農を営んでいたが、後に池田藩に仕えた下級武士。けれど父信三はなかなかの人物だったようで、少年時代は藩主の小姓をつとめ、元服後は藩の文書係ともいえる祐筆役を務めた。新政府の布告によって、鳥取地方裁判所が設置されると書記になり、後には監督書記長にまで栄進している。

父信三の面影を伝えるものとしては、放哉の姉並の「私の父は、士族の出でございましたので却々厳格な人でございました」との回想。並の娘である森田美枝子氏は研究者からの照会に応じて、「放哉私録」なる一文を草している。そこにはより鮮明な祖父像を伝えているので、ここに引用で示しておこう。

「書類にてお調べになりましたことと違うかも知れませんが、私が幼い時聞いていましたことを認《したた》めます。——信三の少年時代は池田殿様のお小姓をつとめ、元服のあとは御祐筆としてお勤めしたと聞きます。よく昔語りの自慢は官軍として戦さに参加した時のこと〝宮さん〳〵お馬の前に……〟の例の歌を調子をとってうたって聞かせてくれました。御維新になってからは裁判所の書記として定年（四十歳か四十五歳）までつとめましたので、晩年まで恩給を頂いておりました。一族の中には藩の中でも高禄の家もありましたが、武士の商法のたとえ、なか〳〵切り替えの出来なかった中で信三は成功した人と聞きます。母が申していましたが、『書記といえば今思うと大した役とは思わないが、その時分なか〳〵どうして、立派なものでした。お正月などには大ぜい裁判所の方々がお出でになり、母と私は専ら御接待として、着物も昔通りに裾をひきずりに着て御挨拶に出たものです。オヂーサン羽振りがよかったこと』

町内の争い、親類の相談ごと、何かにつけて引っぱり出されて話合いをつけたもののようです。武士を廃業後どういう勉学して裁判所に勤める様になったかは残念ながら聞いておりません。晩年は恩給をほとんど骨董類集め、趣味は字を書くことで下手な俳句を堂々と唐紙に書きまして、鳥取の画家の松谷とか芳舟に画をそえてもらい得意になっていました」

父の信三は明治三十二年（一八九九）、四十九歳のとき裁判所の監督書記長を退任し、自適の生活。放哉がまだ中学三年のときである。これで将来も経済的に不安はなかったようだから、尾崎家には何かにつけ余裕があった。一時期は鳥取県が廃止となり、鳥取城下にあったほとんどの役所が松江に移されている。このときも裁判所と警察署だけは残った。ために信三は鳥取在住のまま裁判所勤務を続行。士族の間でも、この時期に経済的な格差がついたといえるかもしれない。

母なかについては、後に放哉が「入庵雑記」という随筆の中で書いている。その文中で父の尊厳、母の慈愛と父母を二元的にとらえているのに注目してほしい。

「父の尊厳を思ひ出す事は有りませんが、いつでも母の慈愛を思ひ起すものであります。母の慈愛――母の私に対する慈愛は、それは如何なる場合に於ても、全力的

放哉十六歳（明治三十四年）の
家族の写真
後列左より義兄秀美、父信三、放哉
前列左より姉並、姉夫婦の長女初子、
祖母津祢《つね》、次女菊江を抱いた母なか

であり、盲目的であり、且、他の何者にもまけない強い強いものでありました。善人であらうが、悪人であらうが、一切衆生の成仏を……その大願をたてられた仏の慈悲、即ち、それは母の慈愛であります」

　母なかは安政三年（一八五六）に邑美郡桶屋町に生まれている。そこは鳥取城下四十八町の一町、ここに屋敷を構えた池田藩の御殿医福間道敬の次女。福間家は士族中でもいわゆる名家だったが、新時代の影響でか明治六年、なかは十七歳のとき小身の尾崎家へと嫁した。おそらく信三の将来性を見込んだ親の計らいであったろう。孫娘の手になる「放哉私録」では、祖母なかのことを、

「福間という医者の家の二女。この福間の一族と尾崎家とは戦前までいろ〳〵交際がありました。この福間の流れの中に沢芳衛もはいるわけです。鳥取の人は御存知の方もいらっしゃるでしょうが、前に大工町の医師田寺、三菱銀行前頭取中谷、等々みな福間の子孫に入ります。仲は（中略）静かな昔の婦人です」

　文中の沢芳衛は放哉の従妹《いとこ》、芳衛の父は陸軍佐官の軍人でなかの実弟。また放哉の姉並の婿養子となる山口秀美も福間家と、どこかで関係があったのではなかろうか。

尾崎家の嫡子は秀雄（放哉）であったはず。けれど十二歳のとき、姉並に婿養子を迎えている。そのあたりの事情については、なお不分明なところが多い。並についてはこれも「放哉私録」から引用しておこう。

「明治十二年の生ですから放哉とは六歳違いです。二人姉弟でしたので両親は並を他家へ嫁がせるのを淋しがって、養子を迎えて分家をしましたのは十九歳の時ですので、放哉はまだ中学生だった筈です。医院を開業するためくわい田から立川四丁目、浜崎醤油店の隣りに引越しました。ここで初子、菊江、秀明、秀俊、美枝子と五人が誕生いたしました。初子菊江の若い叔父になった放哉はとても可愛がっていましたが」云々。

文中くわい田とあるのは放哉の成育地のあったあたり。土地の人々は慈姑田とよぶのが習わしで、かつては慈姑を栽培した水田だったのだろう。尾崎家はその慈姑田から医院開業のため、一家で五百メートルほど離れた町中の方へ移住している。あるいはこれが婿養子に来てもらうための条件であったかもしれない。

婿養子となる秀美は鳥取県志保美村の出身である。現在はＪＲ山陰本線の福部駅のある福部村。父山口臨宜、母カメの二男だという。明治七年二月五日の生まれで、放哉より十一年長。東京で医学を学び、横浜の病院で見習いを勤めた後に、明治二十九年五月に医術開業試験に合格した。二十二歳のときである。

当時、医者の社会的地位がどう評価されていたかは詳しく知らない。けれど小糠三合持ったら養子に行くな、という諺もある。おそらく有力な仲人がいて上手くまとめた話だろう。秀明も鳥取市で開業医になるなら、伝《つて》と資金が必要であった。それらすべてを叶えてくれるなら、と婿養子になることを承諾したのではなかろうか。

こう考えれば、並に婿養子を世話したのは福間家の誰かであろう。医の名門に連なるわけだ。そしてもう一つの問題、開業資金の方はどう工面したか。それは父信三の退職金が充てられたとも推定できる。これも一重に婿養子を迎えるためで、裁判所の監督書記長の職をなげうっての方策であった。でなければ四十九歳で退職し、自適の生活に入るのは早すぎる。

放哉の父信三は先見の明があり、また決断の人であった。鳥取の士族のうちに餓死するものが多かった、と新聞で全国的な話題になるほど窮乏しているときも、悠々苦難を乗り越えている。ならば将来への生活設計も緻密に練られていたはず。嫡子の放哉がまだ中学生だというのに、計算もなく五十前から退職して骨董いじりするわけがない。
嫡子がありながら、長女並に婿養子を迎えたのは、父信三の深慮遠謀と解する方が自然だろう。これもすべては尾崎家の隆盛を願う一存からであった。そのためなら少々の犠牲はいとわない。住み慣れた家も空け渡し、婿養子が開業する家に率先して移っていった。これにはそれなり成算があったからで、外見には自適の生活に映っても、なお執着は旺盛だったはず。また長女並が伝える父信三の仕草には、少々異常なものも認められる。
「彼が中学時代であつたと思います。まだ汽車のない頃で、よく草鞋がけで遠足や旅行に出懸けることがございましたが、私の父は、彼の行つた足跡に、小さな棒を立て、彼が帰つて来るまで、その足跡を消さないで居りました」(『春の烟』昭和三十九年二月)
これほどまでにする父信三が、嫡子である放哉をないがしろに考えて婿養子を迎えるはずがない。むしろ嫡子を後生大事に考えて、いわば方便のための婿取りであった。というのも嫡子である放哉に高等教育を受けさせるとすれば、六十歳近くまで働かねばならないだろう。現状は下級官吏に、その年まで勤めさせてくれる場所はない。父信三がそんな計算をするのは朝飯前で、医術開業の免許を持つゆえに秀美が婿養子に迎えられたのだ。医者は昔から安定して金儲けできる職業で、一時の投資で嫡子の将来への学資も稼げるという期待があった。

放哉の学資に関して、秀美の婿入り時に何か約束があったかどうかは知らない。けれど下級官吏の恩給で、東京遊学の経費すべては賄えなかった。姉並の回想によれば、

「彼がお酒を親しむやうになりましたのは、大学に入つてからでございまして、随分呑ン平になつてゐたやうでございます。

それで、父から送る学資ではとても足りなかつたのでございますから、私の夫が、父に隠して何回となくお金を送つてくれてゐました。父にそれを感付かれて、

『お金を送つてやるから、彼がお酒を飲むのだ』

といつて私の夫はいつも小言を頂戴してゐました。

私の夫は、彼のために少なからぬお金を父に内密《ないしょ》で送つてゐましたが、

『金を送つて父には叱られるし、割が悪い』

とこぼしてゐることもございましたが、それを私は夫に済まないことに思つてゐました」

また並の娘の森田美枝子氏は、父秀美が誤解されていることを悔しがる。「放哉私録」の中では、「秀美と秀雄（放哉）の仲違い説を立てる人があるのは誠になさけないことです。一生縁の下の力となって尾崎家繁栄の為につくしたこの父は好人物として、たゞ好きなお酒（この父も又お酒好きなこと一流）にいろ〳〵な憂さを晴らしていた様でした」と書く。

いやこれだけでは気分がおさまらなかったらしく、美枝子は沢芳衛にも誤解をとくため応援を求めた。これに応じて、芳衛は「追憶」（「風紋」昭和三十二年九月）という一文を草している。その冒頭は「放哉が親せきの人や故郷の人を大変きらっておるという事で、父母兄姉がわるい人のように伝わっておる事は事実と全く反対なので、現在たゞ一人生存しております彼の姪が、とても残念がり、私に井泉水先生に是非誤解をといて頂くようお話してくれとたのんでおりますし、私にしましてもそれをおもうのでございます」と書き出している。そして秀美のことは、「玲瓏《れいろう》玉の如き人格、其徳に誰もが敬服していました」「こういう人ですから秀雄に対しても実に肉親と少しも変らぬ深い大きな愛、心からなる保護をいたしておりました。秀雄もよく秀美兄の事を感心もし、感謝もしておりました。ですからうちの人々をきらいなどという事は決してありません」と証言。

　婿養子である秀美という人物に難点はない。娘美枝子のいう尾崎家のために一生縁の下の力になった、というのが正しく至言だと思う。ついでに、沢芳衛から見た尾崎家の様子はどうだったか。

「もと〳〵尾崎の家庭は、人もうらやむやうな和気あい〳〵たるうちで、例えばお正月のかるた会などでも（今とちがって其頃はお正月のかるた会が実にさかんでした）いつも尾崎へみんなが集ってゆくという有様でした。そこに彼は御曹子として大切にされ愛護されて来たのです」

　この御曹子は誰からも愛護されすぎて、締りなく育ったようだ。それに猫かわいがりの祖母津祢《つね》がいて、放哉はおばあさん専有の炬燵にすべりこんで、いつでも昔話を聞いたという。また浄土宗のお寺へ説教聴聞に出かけるときは、放哉をよく連れていった。

　姉並から見た弟とはどんなだったか。

「私がお琴を習ひに、師匠の宅に参ります時には、彼はいつも提灯を持つて迎ひに来てくれました。その時は、師匠の宅の玄関で、彼は稽古のすむまで黙つて待つてゐてくれました。彼は黙りつぽい子で、そしてはづかしがりやでございましたから、お師匠さんの宅に参りましても、よう上らないで玄関に黙つて待つてゐるのでございました。

然し、私のお友だちは、よい弟さんを持つて居られるといつて羨んでくれました」

(『春の烟』)

放哉が寡黙であったということは誰もがいう。といって陰湿というのではなく、出しゃばるのが嫌いなだけ。沢芳衛の描く放哉像は、ずいぶん思いやりのある男のように伝えている。彼が芳衛を日課のごとく訪問する中学生のころのこと。

「或日何用であったか私は弟と一緒に両親につれられて外出いたしましたが、途中で『あっ、秀さんに留守にする事を言っておくのを忘れた』と思ったのですがもう時間がなかったので、そのまゝ行ってしまいました。かえりますと何時ものように来ていましたが私共を見ると『さようなら』と言って帰ってしまいました。二時間余りもかかったのですから彼は用事もあったのでしょうに、留守居のばあやが申すのに『尾崎さんのぼんさんはほんとにやさしいお方で御座んすがヨー、ばあや一人淋しいなあと言って面白いお話などして御留守中お出さんしてつかぁさりましたぜ』

と大層喜んでおりました。彼は誠にそういう人でした。温厚でしんの強い、しかも洒々たる処があり、軽妙な警句を吐く人でした」（「追憶」）

放哉の身近にいた人たちの追憶によって、その性格も明らかになる。そしてもう一つ姉並が思い出すのは、彼が子供のころから帽子をかぶるのを嫌ったこと。

大空のました帽子かぶらず　　放哉

〓学　窓〓

木槿が咲いて小学を読む自分であつた　放哉

放哉が少年時代を回想して書いた書簡の一節を、私は先ず思い出す。

「私の幼時、小学校の時だと思ひます。『本』が大変スキで、寧ろ病的でした。その頃はランプの時代でしたが、三分シンのランプを机の上にのせて、壁におつ付けて、自分が座はつた周囲三方を小さい二枚折りの屛風をもち出してカコンで、しまひには上にまで（天井ですね）屛風の小さいのを一枚のせて、マルデ四角な立体の空間を拵らへてその狭い中に座はり込んで、外との交渉を一切たつて、読んでゐた事をハツキリ記憶してゐます……」

成長過程のある時期には外界とのバランスを欠き、内向的になることもあろう。それにしても四角な立体の中に、自分を閉じ込めてしまうとは、あまりにも徹底しすぎていないか。これと符合するのが放哉の最晩年の生活で、これも書簡から引用してみよう。

「私ハ多年ノ宿願ヲ達スル事ガ出来タ。（全ク、アナタノ御カゲデアリマス）其ノ宿願ト申スノハ、即、『独居』『独棲』ノ願デアリマス。（中略）此ノ南郷庵デ、独居シテ、一日、ダマツテ、暮シテ、（ドウセ、ソンナニ長クモ生キラレナイ様ナ気モシマスカラ）悠々ト天命ヲ果サセテモラヒタイ。只オ大師サンノオ掃除ト、朝夕ノ御光リトヲアゲテ、ソシテ俳句ヲ作ラセテモラッテ、……此庵ハ出マイト決心シタノデアリマス」

放哉の自分を閉じ込め、「死」を見つめる最晩年の凄絶な生き方に、私は興味を持っている。それでついフィードバックして考えるのだが、三つ子の魂百までということか。もちろんここでもっと知りたいのは、放哉の小学時代の素行である。幸い近所に岩田勝市という友人がいて、『春の烟』に思い出の一文を寄稿している。そこでの感想だが、当時はまだまだ身分差を意識して、平民の岩田氏は放哉を御家中の子弟と敬遠し、互に往来して遊ぶことはなかったという。ために、これといって印象にのこっているエピソードは覚えていない。イタズラ児ではなく、極めて温順な、人と喧嘩しない黙りがちな性質だった、という程度の回想である。

放哉が通ったのは四年制の立志尋常小学校。明治二十四年に入学しているが、そのころの校舎は民家を修理して充てたもの。二階の梁の両端が低いものだから、式日などに来る来賓者で少々背の高い人は、そこに頭をよく打ちつけたという。子供たちは「今日は誰が打ちつけるだろう」とひそかに期待して見ていたそうだ。

学制が施行されたのは明治五年八月のこと。鳥取県でも三つの中学校と六百三十の小学校を設けることになり、続々作られていった経緯がある。けれど学校を維持するのは地区民の負担と決められていた。ために一方では負担金を嫌って、小学校を廃止させようという運動にまで発展している。

そのころの鳥取市は、人口三万たらずの山陰の小都市である。これという産業もなかったから、いつも緊縮財政だった。加えて火災、水害が頻繁で、いつも復旧に追われている状況だから、学校の方面まで資金を回わす余裕はない。

教場はみすぼらしかったが、裕福な家の子には弁当が届けられた。お昼前の時間に、当時は門管さんとよばれる用務員が教場にちょっと顔を出して、「誰さん、お弁当が来ました」と弁当包みの棘《なつめ》を手渡して去る。放哉もその弁当組で、暖かいホケ、の御飯を食べていたという。これが子供たちの間では、何ともいえぬ誇らしい得意の絶頂気分だったようだ。たいていの子供は自宅に帰って昼食をすませ、また学校に来て午後の課業を受けていた。

尋常科四年を終えると、明治二十八年には鳥取高等小学校へと進んだ。そのころの放哉のことは福光美規氏が書いており、枯草に火をつけて遊んだことは、まず本書の最初の部分で引用しておいた。ここでは別の個所から抜き出して、放哉の少年時を紹介しておこう。

「僕の知つてゐるのは高等小学校時代からであるが、学業は元より優秀であつたし、才気も十分であつた。但しその才は、散る水の如く渙発する才人の才ではない。元より少年時のことで、老成とか円熟とかいふ言葉は当て嵌らないが、云はゞ満を持して容易に放たないと云つた風の才である。そして偶々《たまたま》事に当つた場合、それが時に果断の『行動』となつて穎脱《えいだつ》し、時に『機智』となつて噴出した。(中略)尾崎君は文学少年であつた。或は哲学少年であつた。僕達二三人で小遣銭を出し合つて、毎月購読してゐた一冊の『小国民』、それを例の小源太夫山の日当りのいい山頂で屢々《しばしば》一緒に読んだ。尾崎君の読み方は非常に迅《はや》いので有名であつたが、議論文風な箇所

放哉十一歳
鳥取立志尋常小学校四年生
六歳年上の姉並と

で、僕が辿々《たどたど》して読み渋つてゐる間に、そのページを疾くに読み了つた尾崎君は、山頂からじつと考へ深さうに何処かを凝視してゐた。そして漸くそのページを読み了つた僕の声に驚かされて、それから一緒に次のページに読み移つた。さういうことは度々あつた」(『春の烟』)

さすがに幼いときから、閉じこもって本を読んでいただけのことはある。それが小源太夫山の山頂では、親友と一緒に『小国民』を読んだというのだ。けれどテンポが合っていない。いやむしろテンポを合わせられなかった人ではなかったか。これも福光氏の回想だが、二人は偶然に床屋で落ち合ったことがあったそうだ。そのとき放哉は理髪師に顔を剃らせなかったし、頭も十分に洗わせなかったという。なぜかと聞くと、家に帰って自分で洗うのだといった。これは相当な潔癖家で、福光氏は「この潔癖は形の上だけでなく、後年の尾崎君の心の上にも儼存してゐなかったか」と訝《いぶか》っている。

放哉が鳥取尋常中学校へ入学したのは明治三十年六月だった。四年制の高等小学校を二年修了したところで、当時は中学入学の資格が出来たのだ。といって一足飛びに中学入学は容易でなかったが、放哉はそれを難なく実行した。

現在の県立鳥取西高等学校
旧鳥取一中もこの場所にあった

鳥取県下では唯一の中学で、秀才といわれる人は遠隔地からもみんなここに集まってきた。

「アノ家の誰々サンは今度中学校に入いりんさったそうだぜ」

「ふふむそうかいなァよう出来ると見えるナア……」

町内ではこんなふうに評判になるほどだったという。放哉の場合、それも一気に二年飛ばして中学合格だから、秀才の誉れはいっそう高かったに違いない。といって中学校に入学してみると期待はずれなことも多かった。校舎はお粗末で設備も整わず、そのうえ教師も適任者は少なかったという。当時の新任教師は氏名、職名、給料まで校内掲示板に書き出されるから隠しようがない。それによると教諭はごく少数で、助教諭や教諭心得が多数を占めていた。

放哉はこれらの教師をどう思っていたのだろうか。後に衆議院議員、鳥取銀行会長など歴任する同級生だった谷口源十郎は、当時在職の先生たちを「中学校の教師として適任とはいえなかった」(『回顧九十年』)と感想をもらしている。もちろん教師みんながそうではなく、俳人坂本四方太の父である坂本熊太郎先生は漢文を担当し敬愛される存在だった。英語の福本先生は語学に秀でた才能を持っていたが、一時の腰掛けであったらしい。

当時の校長は吉田庫三といい、吉田松陰の甥であった。その在任中、明治三十三年二月十日に原因不明の火事があり、翌年には転任。火災は放哉が三学年のときで、教室も図書室も職員室も焼失している。以後はようやく焼け残った講堂や雨天体操場を区切り、仮教室で授業を続けた。そのころ新校長になってから、生徒の制服は和服をやめ洋服に改めたという。これまでのは紺の筒紬に紺の袴という古風なもので、和服を固守していたのは鳥取中学と土佐の海南中学だけだった。

詰襟に七つボタンの制服を着て、制帽をかぶった友人と二人で撮った写真がある。これで見るかぎり、どこか茫洋《ぼうよう》としているが真面目そうな中学生だ。また三浦俊彦、河瀬二郎との三人で撮っているのは運動着のもの。彼らとは野球チームを作り、近くにあった第四十連隊の練兵場でよく練習したという。それで練兵場組と称し、他にあった招魂社組などと対抗試合をしたこともあった。

放哉がスポーツマンであったことは、後に一高ボート部で活躍するので知られている。といって運動だけであったかといえばそうではない。中学時代もまだ本好きで、いろんな本を読んでいる。その一端は書簡に書いているから引用しておこう。

「中学に這入つてからの思想ですが、『吾人は何しに生れたのか』という本が沢山出ました、（人生の目的）なんか云つたもの……そんなものを読んで計りゐたのは、勿論、老子、荘子をわけわからず読んだもんです。私の中学は田舎でして、一年が日本外史、日本政記、二年が十八史略、三年が八大家、四年が史記、五年が左伝、といふ、マルデ読書百遍、チヨンマゲ流に叩きこまれたもんです。そのころ『巡査は盗人のオカゲデ、タメにメシを喰つてる、それだのに盗人ばかりワルク云つてるのは可笑しい。盗人がゐるおかげで巡査その他の者はメシを喰つてゐるのぢやないか』といふ様な疑問が起きて、時には盗人に同情したりしたやうなことがありました。かういふ記憶が今はつきり残つて居ります。まあ社会主義者の腐れた卵子のやうなもんですね。……」

文中、チョンマゲ流に教えたのは、四方太の父熊太郎だ。武士の出で、岩美郡大谷の美取神社の神主もした経歴がある。熊太郎先生の教え方には一寸の逡巡《しゅんじゅん》もなかったが、放哉はかえって疑念をいだいたのではなかろうか。

放哉が中学三年生のとき、二十世紀を迎えている。それは新しい時代の幕開けという期待感はあったが、何となく行き詰まりの世紀末的状況から脱却できないでい

鳥取一中時代
左が放哉十五歳
（明治三十三年）

鳥取一中時代
前列左が放哉十四歳
（明治三十二年）

た。そのころ出稼ぎの労働者は農村から都会へと集まっている。東京や大阪でスラム街が発生しはじめたのもこのころだ。片山潜は明治三十年（一八九七）、東京神田にキングスレー館をつくり、労働組合期成会を結成した。その機関誌として「労働世界」も刊行している。「労働は神聖なり」という言葉とともに、労働の問題が国民の意識にのぼっていた時代だ。

労働問題から社会主義に関心が向き、『吾人は何しに生れたか』といった本がよく読まれた。そうした時代思潮の中で、放哉も成長していった一人であったということ。やがて文芸方面にも興味を示し、中学三年のころ仲間で芹薺《きんぜい》会という短歌会を結成。彼は梅の舎と号し、次のような短歌を作っている。

親一人子一人宇治の山里にとくもおとのふ秋の初風　　梅の舎
河せまく芭ひろごる山里に星をち来たる秋の夕暮
大岩をまとひし蔦のもみぢして水激すなり木曾のかは上

何か手本を見ての作歌で、新味はない。同じころ梅史と号して俳句も作っていた。

明治三十三年から四年に発行された学友会雑誌「鳥城」には都合二十一句掲載されている。

新しき電信材や菜たね道　梅史
湯所は白足袋穿いて按摩かな
行春の今道心を宿しけり
石階の半ばは見へて若葉かな
月代《つきしろ》や廊下に若葉の影を印す

今から見れば月並みな有季定型俳句である。また当時の「ホトトギス」「木兎」誌に投句し、九句掲載されているのは驚くべきことだ。とにかくこの時期、俳句に手を染めたことに注目すべきだろう。中学五年のときは級友らと図り『白薔薇』という作品集を刊行し、書店にも並べて売ったというが、いまは不明。

姉並に婿養子を迎えたことはすでに書いた。放哉が中学一年のときである。結婚すると、婿養子の秀美はすぐに開業したことになっているが、場所はどこでだったか。専門は耳鼻咽喉科だから、都合によって設備は少なく済んだはず。本格的に開業したのは明治三十三年になってで、新しい家を求め旧い家は沢家に譲っている。

沢家はそれまで大津市にいたが、陸軍佐官であった父の帰任で、芳衛たちも移住してきた。彼女は明治十九年生まれで、放哉より一つ年下。母方の従妹にあたるが、会ったのは初めて。また芳衛の兄静夫は金沢の四高一年生、年齢差があまりないので三人はたちまち親しくなっている。そのあたりのことは、沢芳衛の書く「追憶」から一部を引用しておこう。

「彼の中学四、五年の時は兄は金沢から夏休み丈より帰りませんから他の日は彼と私と二人でしたが、毎日彼は私のところに、その頃万朝報という黒岩涙香の新聞があったのを持って来て、私の勉強部屋（かつては彼の部屋であった）の椽《えん》に腰かけて（この庭には、はねつるべの井戸があって其かたわらに彼の好きな桃の木が二本あり、あとは花畑でした）三十分ほどいろ〳〵新聞の出来るまでの話とか、文学上の話をしてくれました」

いずれにしても中学生のころの放哉は、読書好きで、短歌や俳句を作り、女の子

鳥取一中卒業時の記念写真か
明治三十五年三月

にやさしい少年であった。蛮カラとは程遠い。英語がよく出来ていたというから努力家なのだろう。どの友人たちも彼が学業優秀であった、と回想している。彼は明治三十五年三月、鳥取県立第一中学校を卒業した。あるいはそのときの記念写真だろうか、紀念碑を中心にクラスメイトたちの集合の写真が一枚ある。この中に確かに放哉も写っているはずだが、どうも特定できないでいる。

生徒等が紀念碑をとり巻いてしまつた陽の中　放哉

これら十四回の卒業生のうち大村一蔵は五高から東大理科に進んで、後に帝国石油副総裁。豊田収は東大独法科を出て、鉄道省へ、衆議院議員など歴任し、地元には私立育英中学校（のち県立由良育英高校）を創設した。村山威士は理研社長、沢田節蔵は四年生のとき転校するがブラジル大使になっている。これら秀才たちに伍して、放哉は卒業した年の九月に第一高等学校に入学する。彼が鳥取をいつ出発して上京したか定かでないが、離別の模様は姉並がこう書いている。

「彼は中学時代から明笛が上手でございましたが、彼が一高に入るやうになつて、明日は上京するといふ前夜、私の弾く月琴と合奏して、別れを惜しんだことがございます。そして二人はもう悲しくなつて涙を出してしまつたこともございます」

（『春の烟』）

一高

峠路や時雨はれたる馬の声

放哉が一高の校友会雑誌の俳句欄に投じた一句である。鳥取から東京までの道のりは遠い。放哉のときは分らないが、鳥取一中の二年後輩になる近藤酊仙も一高に合格し同じ道筋を通って上京した一人であった。近藤は当時、放哉に私淑していたと回想し鳥取を出発して上京したときのことを次のように書いている。

「私は明治三十七年に一高の入学試験にパツスした。九月上旬同校の新入生として、上京の途に就いた。人車を馳つて鳥取を発し、国境の山脈を越へ、鳥取から十七里程隔つてゐる薩摩の平福という宿場に泊まつてゐた。其の時同じ旅館に三人の学生が人車で着いた。其の一人は、日頃先輩として敬意を表してゐる彼であつた。他の学生の一人は、東京帝大の制服を着てゐる医科大学生で、他の一人は其の学生の妹と見ゆる海老茶袴の女学生であつた。私は彼等の一行に加はり翌朝四台の人車を連ね、山陽線上郡駅に着き、そこから汽車に乗つて東京に向つた。途中神戸で下車し、湊川神社に詣で、神戸のスキ焼を食したことなど記憶にある。彼は一高の夏帽、夏服を着て、豪放磊落《らいらく》な風をして、人車の上で揚抑巧に高歌放吟をしてゐた、後で、それが一高の寮歌であるといふことがわかつた。新橋駅で別れるとき、彼は『君、寮に行つたら、冬は寒いからスチームのそばに席をとつて置くがよいよ…』と注意してくれた。彼と同伴してゐた女学生というのは、色の真つ白い、丸顔の頗《すこぶ》る愛らしい人であつた。彼と想思の人ではなかろうかと、私は想像を逞しくした。当時の彼の得意らしい風格、あの意気で行つたなら、彼は今世俗的にどんなに出世してゐるか知らと思はれる」(『春の烟』)

近藤の書く医科大学生は、放哉より三つ年上の沢静夫。四高を卒業して東京大学に在学していた。丸顔の女学生は静夫の妹で芳衛。鳥取女学校を卒業して、明治三十六年には日本女子大学国文学科に入学している。これから従兄弟三人は、夏休みを鳥取で過ごし、再び学校へと戻っていたのだろう。東京での芳衛は文京区小石川にある伝通院の近くに下宿していた。そこは鳥取池田侯爵家に隣接して住んでいた家従の板根家で、鳥取から遊学の子女を預かっていたという。
放哉が中学生のころは、芳衛を訪ねるのが日課のようになっていた。東京でも芳衛に会うため、板根家を訪ねることもあったらしい。実はこの家の夫人板根寿は、放哉の母なかと遠い親戚で、秀雄のことをよろしく、と頼まれていたという。これは後に書くことだが、放哉と結婚する馨は板根利貞、寿夫婦の次女で当時十一歳と幼かった。

そのころの東京はといえば、放哉が後年に書いた書簡によれば、

「マダ其頃ハ第一、『日比谷公園』が無かつた、従而、『警察庁』も『帝国劇場』もソンナモノかげも形ちも無いアノ辺一帯ハ日本橋通り迄……草茫々たる、広い野原デ、我々ハ（三菱ガ原）と呼んで居た。神田橋ニ行つて少々、賑になる、只、満目蕭々たる草ツ原デスカラ中々凄い、昼間デモ、カナリ淋しい……夜になると、トテモ遠く日本橋通りの灯を望ム丈けで、ソレニ、宮城二重橋の灯、……淋しい〳〵全く一人歩ケバオ化けが出る」

今からは想像も出来ないような蕭条たる東京である。だけど折から二十世紀の到来は、新しい時代が来たものと誰もが期待し暗い雰囲気ではなかった。北清事変（明

沢　芳衛　二十一歳
（明治三十九年）

治三十三年～四年）は終わり、日英同盟を締結。資本主義の発展で、いよいよ近代社会が定着していった時期でもある。放哉が初めて上京して来たとき日比谷公園はなかったが、翌三十六年六月一日には開園している。下駄ばきで自転車に乗ることは禁止され、夜間はライトをつけて走るようになった。牛込に自動車学校が創立されたのもそのころである。

東京と京都に帝国大学が併存し、そのために東京の一高から、仙台・京都・金沢・熊本・岡山・鹿児島の七高まで、これらナンバー・スクールは立身出世を志すエリート青年に門戸を開いていた。一方、私立学校は大学部などを設けて専門学校としての役割を担い、実務家肌の青年を育成。それが官尊民卑の風潮をいっそう助長する結果となり、たとえばナンバー・スクールの学生たちは俗世間を軽蔑した。とくに一高生ともなると高慢で、孤高の姿勢をとりつつ、寮生活の自治を讃え、正義を愛して「アムール川の流血」とか「嗚呼《ああ》玉杯に花うけて」などを高唱。先に引用した近藤酊仙の回想によれば、放哉もまた「向が丘にそゝりたつ五寮の健児意気高し」と寮歌「嗚呼玉杯に花うけて」を高らかにうたっていた。

一高に入学すれば、みんな寮生活を義務づけられている。その自治寮は学校のある文京区本郷の向ヶ丘にあって、六百人程の学生が五棟五寮に分散して寄宿していたようだ。放哉が最初に入ったのは七十人程の北寮で四番室、「あすこには、慥《たし》かに五人居たと思つたが、今でもそーか知らん、支那人も一人居た様だ。人数は少ないが、騒いで、唸る、踊る、喰ふ、しかも議論がすさまじい、イヤ、ともすると、真に口角泡を飛ばして、まるで烏賊《いか》の墨を吹く様、汚なくて、はたには寄り付かれない始末だ」云々。これは放哉が書いたといわれている「俺の記」と題した文章の一節。「俺の記」は三天坊のペンネームを使い、寮の廊下や部屋に吊るされたランタンが寮生の生活を物語るという趣向の文章。そのころ一高講師だった夏目漱石が書いて評判だった『我輩は猫である』に刺激されて執筆した文章だといわれる。「俺の記」は明治三十八年三月発行の一高校友会雑誌、第百四十五号に掲載されて反響を呼んだ。その中の一節に、寮生が自殺するくだりも書いている。同級生の藤村操の死が、放哉の念頭にあったのではなかろうか。

「丁度、今から一年前だ、秋風蕭殺の気が天地に籠つて、冷しい〳〵が寒い〳〵にならうと云ふ時、死にそくなった狂蝶が、まつ白な桜の返り花に、冷たい残骸を乗せて居よと云ふ頃一夜、矢張り十一時過ぎ、俺は三階の窓の上で、暫く無我の体《てい》だつた。ツイと何気なく下を見ると、窓に向つて立つてゐる人がある、青白い月光に、片頰丈ゲツソリとこけたのが、透き通る様に見える、しかも眼にキラ〳〵と輝く物は露か涙か、初めには、君等の知ってる例の化物連中かとも思つたが、容子がどーも変だ、一口も物を云はないで立つてる事半時計り、俄然、ヒラリと動いたと思ふが早いか、窓から大地に向けてツルリ、真つ逆様、ドタリと音が聞えたきり、向陵は又もこの寂寞に帰つてしまつた、勿論自殺さ、（中略）俺はいろんな事を考えて見た、刃、剣、鉄砲、毒薬、病、これ等は吾々が人を殺し得る物と、普通に知つて居る物だが、人を殺すものはどーしてそれ処では無い、手拭でも殺せる、棒でも殺せる、足でも殺せる、瀑に落ちても死ねる、噴火口に這入つて死ねる、戦争でも死ねる、乃至三階でも死ねるではないか、地球上至る処は、死に道具で充ちて居る様に思はれる、吾々は、如何なる処でも、何を以てでも、どー云ふ方法でも、直ちに死ぬることが出来る」

長々引用してしまったが、藤村操がいかにも凝った死に方をしたことに対しての、反措定の文ではなかろうか。放哉と藤村は一高第一部で文科、法科混成の二の組だから、もちろん顔見知りであった。寮でも一緒だから、日頃の彼もよく知っていたろう。その藤村が明治三十六年五月に突如として姿を消し、数日後に日光華厳の瀑《たき》に投身自殺していたのである。

その死に方だが、藤村が身を投げる直前に滝口の大樹に書き遺した「巌頭之感」は有名で、当時の新聞はその全文を掲載しセンセーショナルに報告した。その遺文だが要約すれば、万有の真相は不可解ついに死を決す、というもの。放哉もこの不可解には同じく悩まされた一人だが、当時はまだまだバンカラ風で、質実剛健を重んじた。藤村のようにロマンチックでセンチメンタル、そして美辞麗句の遺文を刻し、華厳の瀑に飛びこもうというような華美な退廃は、放哉の意識になかったようだ。

あるいは藤村の死の方法は、思ってもみなかったことだけに虚をつかれた。だから死について、改めていろんなことを考えた、というのが引用文の後半部。そしてこのとき得た結論というのは、死ぬことでなく生きること。彼は続けて、次のように書いている。

「吾々が呼吸をして生きて居る、空気を吸ふのは生きる所以で、吐き出すのは死ぬる所以か、乃至、吐くので生きてる、吸ふので死ぬるのか、(中略)どつちに転んでもすぐ死ぬるのだ、生きたり死んだり、そ処で吾人は生きて居るのではないか。吾々は死なうと思へば、何時でも死に得る、それを危い呼吸で生きて居るのではないか。死ぬると云ふ事は、何だかこの呼吸の面白さを解して居ない様に見える」

生きるとは呼吸の面白さを知ることだ。これは飄逸《ひょういつ》で、なかなか深みのある思想である。単に生き死にだけの問題でなく、万有の真相は呼吸の面白さを解することにあるのではないか、と放哉は考える。俳句だってそうだろう。

見渡せば桜の中の賭博哉

放哉はこんな句を引いて、呼吸の面白さを説明しようとする。賭博というのは金品をかけ勝負を争う遊びで、これには勝つか負けるしかなく、中途半端は許されない。刹那的な遊びである。たとえば賽《さい》を振れば、一瞬のうちに決まってしまう。その結果は極端と極端で、笑う人間と泣く人間、といってその間の差は裏と表で同時に隣り合っているのだ。つまりヤッと賽を振ること、その刹那の呼吸こそが面白いのだ。

放哉は咲き誇った桜花でも同じことだと考える。「美と云ふ奴は妙な物で、とんでもない物が、非常な美と変化する事が有る、尤も裸体が美の神髄だなどと云ふ此頃ださうだからね、悪に強きものは、善にも強しと云ふと、えらく、寺の和尚の説法めいては居るが全くだ、要するに非常な極端と極端とは、又尤近い物で有つて、其間の差は、到底認める事が出来ん、咲き揃つた万朶の花と、それから、散つてしまつた花と、一は、繁栄の極で、一は凋落の極だが、其咲いてそして散る時の美、考へて見ると、分秒髪を入れない処に有る、刹那でね」と書く。この刹那こそが、呼吸の妙で面白いという。すなわち「見渡せば桜の中の賭博哉」も、呼吸の面白さとして解すべきで、また俳句はそのことを追究するものという認識がある。

一高時代に放哉が俳句を作っていたことはよく知られている。取り分け、後年に放哉の俳句の師となる荻原井泉水と出会ったことがハイライト。当時の様子は多くの人が書いているが、やはり放哉の文章から引用してみよう。以下の文中、井師とあるのは師である井泉水のこと、当時は愛桜と号している。そして放哉は芳哉の名で投句していたという。

「丁度明治卅五年頃の事と覚えて居ります、其頃井師も私も共に東京の第一高等学校に居りました。井師は私よりも一級上級生といふわけで、其頃は俳句――新派俳句と云つた時代です――が非常に盛で、其結果一高俳句会といふものが出来、句会を開いたものでした。句会は大抵根津権現さんの境内に小さい池に沿うて一寸した貸席がありましたので、そ処で開きました。そこの椎茸飯といふのが名物で、お釜で焚いたまんまを一人に一ツ宛持つて来ましたが中々おいしかつた、さうした御飯をたべたり御菓子をたべたりなんかして、会費は五十銭位だつたと記憶して居ます。いつでも二十人近く集りましたが、師匠格としてきまつて、虚子、鳴雪、碧梧桐、三氏が見えたものです。虚子氏が役者見たいに洋服姿で自転車をとばして来たり、碧梧桐氏の四角などこかの神主さん見たいな顔や、鳴雪氏のあの有名な腹燗なんかの事を思ひ出しますのですよ。其当時の根津権現さんの境内はそれは静かなものでした。椎の木を四五尺に切つて其を組合せて地上に立て丶、それに椎茸が生えて居るのを眺めたりなどして苦吟したものでした」(「入庵雑記」)

まあこのとき句作において呼吸の面白さを会得していたかどうか。「ホトトギス」や「日本及日本人」に載る一高俳句会の句会報には、ついに放哉の俳句は見い出せない。彼が「俺の記」を掲載した当時の「校友会雑誌」には、「峠路や時雨はれたる馬の声」「しぐるゝや残菊白き傘の下」などを月並な俳句は散見できる。実作の方はまだまだ思いこみの方が先行して、習作というべきだろう。差し出し年月が不明だが沢芳衛宛に、当時こんなハガキを書き送っている。

「今日電車につつて行く途中で春寒をつくつて見た。どれか句になつてるか。

水仙の百枚書や春寒し
春寒や嵐雪の句を石にほる
春寒や小梅もどりのカラ車
春寒やそこ〳〵にして銀閣寺

十時

よし様

秀」

さらに呼吸の面白さということでいえば、放哉が一高在学当時、ボートに熱中していたことも触れておきたい。これも書簡から引用しておこう。

「本郷(一高、大学ノアル処)から……勿論……電車ハないのに、(ボート)の艇。

庫が…隅田川の吾妻橋のも一ツ、テマイに両国橋との間に厩《ウマヤ》橋と云ふのがあります其の橋のそばニ一高の艇庫がありました、そして、（ボート）ハ皆、そこニアルから、（ボート）に乗りたければ、厩橋迄行かねばならぬ……若イ元気ハヱライもんですネ……毎日〳〵学校がスムと（午後二時頃）……一同で、テク〳〵本郷から、隅田川の厩橋迄歩いたものですよ、そして（ボート）ヲ下ろして、ズン〳〵上ニのぼる……吾妻橋カラ、大橋ヲコエテ、ズン〳〵上の方に登ったり下りたり……言問《コトトヒ》の（イザ言問はん都鳥の名所）、言問団子を、岸に、舟をつけて何度、夕べニ堤ニ上ったものか？　ソレニソノスグ傍の長命寺の桜餅……之が又ナントモ云へぬウマイ……」

云々。

これは、晩年の小豆島で書いたものだが、呼吸の面白さがよく伝わる文体である。煩をいとわず引用しているのも、意図あってのこと。隅田川を上ったり下ったり、ボートで大切なのはクルーの呼吸が合うことである。

「扨《さて》、此ノ（ボート）の熱心、ムナシからず遂ニ（ボート）丈けは……上手になつて（矢つ張り私ハ水ヤ海がスキなんだ、呵々）……英法科の選手に、ヱラマレテ……独法科と、仏法科と三科の競漕となり、一回ハ、独法ニマケましたが其後、二回……

一高ボート部時代
前列左側が放哉

勝利の記憶ヲ持つてます。其頃のメダルもたくさん持つて居タ」

放哉がボートで活躍していた時の証拠写真が遺っている。これが七人の選手で向って左側の前列に坐しているのが放哉。背後の旗はA・C・Aと染抜いた優勝旗である。この七人の中に後に警視総監となる丸山鶴吉もいるが、放哉は彼と二人で組んで和船の競漕に出場したことがあったという。そのときは丸山が余りにも負けん気で頑ばりすぎ、二人の櫓が合わない。放哉はへばってしまい、中途で投げ出しニコニコ笑っていたそうだ。

そのころ一高の寮内では、文芸部の自由を求める個人主義派と、運動部の勤倹尚武・質実剛健をモットーとする校風派とが対立していた。放哉はそのどちらでもなく、超越的に呼吸の面白さを楽しむ快楽派であったかもしれない。放哉と同期には藤村操のほか、安倍能成、小宮豊隆、中勘助、野上豊一郎らがおり、斎藤茂吉も同年の入学だが理科三部だったから面識はなかった。一級上には井泉水のほか阿部次郎、岩波茂雄、一級下に富安風生、鶴見祐輔ら。またロンドン留学から帰ってきた夏目漱石が教鞭をとっており、放哉も漱石の講義をうけたという。放哉はそのことを後の書簡でこう書いている。

「タトエバ私ガ一高時代、三年級ノ英語ハ故人夏目漱石サンニ一年教ハッタモンダ。慥《たし》カ（バイス　バーサ）デ魔法ノ石ガアッテ其ノ石ノタメニ大人ガ小人トナッテ（身体丈ガ）小人ガ大人ニナッテ大イニ矛盾ノ出来事ヲツヾケルト云フ妙ナ本デ、ソレヲ漱石サンニ一年教ヘテモラッテ大イニ夏目サンガスキニナッタモンダ」

放哉は三年級の学業を終え、明治三十八年（一九〇五）六月に卒業した。この年一月に旅順は陥落し、五月には連合艦隊がロシアのバルチック艦隊を撃沈し、日露戦争は戦勝気分にわいていた。

軍艦のどれもより朝の喇叭が鳴れり　　放哉

東京帝大

すき腹を鳴いて蚊が出るあくび哉　　放哉

なんとも変てこりんな俳句である。放哉が本郷の西片町に下宿していた明治四十年（一九〇七）の三月の作。裏口のすぐ前にある井戸の水を釣瓶《つるべ》で汲上げて呑んだ後、桶の水に孑孑《ぼうふら》が一ぴきしきりにぼうふりをしているのに気づいたという。とすれば水と一緒にすでに孑孑を飲んだかもしれない。

「かく考へてゐると、どうやら腹のあたりでピンピンと動いてゐるやうな気がする。其振りにつれて、自分の身体が又ピン〳〵と動き出す様な心地になる。甚だ愉快でたまらぬ。釣瓶の中を見ると例の孑孑君は不相変ピン〳〵と壺中の天地に活躍してゐる。其有様が如何にも不関焉である。釣瓶の中と、腹の中と、随分甚だしき相違である。其甚だしき境遇の違ひも、ホンの一瞬間の前後は、釣瓶の中と腹の中とに分かれた。…釣瓶をもつたまま、こんな事を考へてゐる。此の釣瓶の中の孑孑君が、振つて振りぬいて蚊になつて飛び出す頃には我が腹の中に居る孑孑君も、振つて振り抜いて飛び出すにちがひない。きつと蚊になる。もう三ケ月程経てば、青葉若葉に白雲がうつつて、涼しい風が吹く頃になる。其時、自分が両手を左右につき上げて天をささへ、両足を左右につき延して地を蹴つて、アーツと大きな欠伸《あくび》をする。其時に自分の腹の中からブーンと沈痛な凱歌をあげて、口から外へ飛び出すものは、必ず、今自分の腹で振り廻つてゐる孑孑君であるのだ。欠伸をする其都度に、ブーンと口から蚊が飛び出すなどは、甚だ詩的である。超越してゐると思ふ」

引用はこれくらいにしておこう。釣瓶でくみあげた水の中にいた孑孑を素材にして、放哉の自句自解は延々とつづく。恋人沢芳衛に書き送った手紙（明治四十年三月）の一節である。このとき放哉は東京帝国大法科の二年生、芳衛は日本女子大国文科を卒業して、そのまま母校にのこり女子大桜寮にいて職務にたずさわっていた。

芳衛とのことは後で書く。ここでおもしろいのは、冒頭に引用の句評も呼吸の面白さを主眼としていることだろう。けれど放哉がそのころ投句していたのは、写生を重んじる「ホトトギス」などの雑誌。蚊が口から飛び出すなどという俳句は荒唐無稽と捨てられて、まず入選することはなかった。ために私は引用の一句にこだわるのだ。作品として現在のこっているのは、こんな愉快な句でなくて、月並なものばかり。とにかく時代の流行があって、すなわち選者の選句にも限界がある。

ところで放哉が東大に入学したのは明治三十八年（一九〇五）九月、ちょうど日露戦争が終結したときである。勝つには勝ったが、樺太の割譲、賠償金など日本の要求はすべてロシア側から拒否された。これでは戦争で失ったものの方が大きくて納得がいかない。アメリカ東部のポーツマスで、九月五日には講和条約の調印がおこなわれた。一方、同日の日比谷公園では河野広中らによって、講和反対の国民大会が開かれている。

日露戦争で失ったものは、戦死者が約八万、馬は三万九千頭が死に、九十一隻の艦船を失った。戦いに要した費用は十五億二千万円で、ちなみに日清戦争での戦費は二億三千万。結果的には十七億円の国債（借金）をかかえ、国民に増税を強いることになるのである。

日比谷公園での講和反対の集会は、内相や外相公邸の襲撃、各所の交番焼き打ちにまで発展した。そうした暴動を警察だけでは鎮圧できず、ついに軍隊まで出動し、九月六日には東京周辺に戒厳令を発令。それが一か月半も続いている。

東京は騒然としていた。放哉はそんな最中《さなか》に、東京帝国大学法科に入学する学友四人で一軒の家を借り、共同生活をはじめている。場所は本郷千駄木林町三十九番地、六畳二室、三畳三室のボロ屋だった。そこを鉄耕塾と名づけ、二村光三、田辺隆二、難波誠四郎と一緒に住んだ。

当時の学生は下宿屋や個人の家の二階に、賄《まかな》いつきで間借りすることが多かった。といって鉄耕塾のような共同生活も珍しくなかったようで、いわば梁山泊《りょうざんぱく》の気どりだ。そして少々金があれば牛肉を食いに行く。帝大近くの本郷交差点にあった「いろは」一二号店は貧乏学生で大繁盛。また帝大生が出入りする店によって、「呑気《のんき》の茶メシ」組と「江知勝《えちかつ》」組にわかれたという。前者は貧乏学生で、後者は金持ち学生というのが通り相場であった。

江知勝は現在も続いている有名なすき焼店。放哉たちはこちらに出入りしていたようで、区分けすれば㊎《マルキン》組。おそらくそんな縁で、江知勝が所有の空家を月七円と安く借り、余剰の金で大いに青春を謳歌したのだろう。

放哉の風采はといえば、色の浅黒い小柄だけれど眉目の秀いでた、如何にも男らしい風貌の青年だったという。どこか老人じみたところもあって、やや猫背で歩き、のっそり趺坐《あぐら》をかけば腹を折る癖があった。ために重厚な人柄に見えたが、悪くいえば人をくった風もある。詩を吟じ、あるいは二上りを抑揚、曲節ともに文句なく、ようたったものだ。放哉の周囲に、これを好んで聞きほれる友人も少なくなかった。

俳句は一高のころ、根津権現にあった椎茸飯茶屋での句会に出席している。共同生活に入ってても句作は熱心だったようで、田辺隆二は当時を回想して、「俳句熱が高く成つたのは大学に入つてから私共四人（放哉を加へて）千駄木林町の奥で共同自炊生活を始めてからだ。放哉の熱につられて、私共三人は歳事記を繰広げたり、蕪村句集を買つて来たりして、日本新聞（碧梧桐選）やホトトギスにも投句する程熱を出したのだが、（大抵は没であつた）量に於ても質に於ても常に放哉が先達であつた。同人で回覧互選集も作つた。一樹、極浦、青夫、などいふ人の名があつた。此の時代に放哉はよく釜の下を焚き乍ら作句して居た。（中略）放哉が飯焚きだけは器用に甘じて何時も大名焚（薪二本を重ねて焚くこと）を自慢しながら明治俳句一万句集を繰つて居た。こゝらは俳人らしかつた。其の当時の放哉の俳句

放哉と姉夫婦
学生時代

は晩年のものとは大いに趣が異ふが矢張り放哉独自の天地があつた。私は大震災で日誌も残つて居た回覧選句集も焼いてしまつたから今思ひ出すことすら出来ない」（『春の烟』）

引用文中、『明治俳句一万句』とあるのは明治三十八年六月、博文館が発行した日本派の合同句集。早速、これによって子規提唱の写生を学ぼうとしたのだろう。やがて放哉の名が見えるのは「ホトトギス」（明治三十九年二月）誌上における次の二句。

冬ざれに黄な土吐けり古戦場　　芳哉
煮凝や彷彿として物の味

前句は碧梧桐選、後句は虚子選への投稿である。それと注目すべきは、俳号が放哉でなく、芳哉であること。これらの事実は初期の俳句活動を探る意味で重要なポイントだろう。子規没後、碧梧桐と虚子とが俳壇を二分して対立しはじめていた時期で、放哉はやがて守旧派の虚子の方へと傾斜していく。その過程において、彼の意識の中に〈芳〉から〈放〉への変転のドラマがあったのではなかろうか。

い　放哉

「其甚だしき境遇の違ひも、ホンの一瞬間の前後できまつたのである。一瞬間の前後は、釣瓶の中と腹の中とに分れた」と。放哉はこれを趣味のあることだという。恋人の芳衛には、何か趣味のあることを見つけたら、また手紙すると書く。そこで思い出すのは、放哉が「俺の記」の中で指摘している嗜好性の問題。

「抑、吾々人間は嗜好性と云ふ物を有してゐる、嗜好性を有して居ない人間は決してない、其嗜好してゐる物の性質が高尚だとか、卑しいとか、高いとか、低いとか、そんな事は別問題として、兎に角に、人間には嗜好、何等かの嗜好が有る、否、此嗜好が無ければ、人間は生存して居る事が出来ないと云つても過言では無いと思ふ、吾々が、朝から晩迄、嫌ひな物計りやらされて居つた日には、どーして生きて居たいと云ふ考は出て来ない、此の嗜好、自分が好きな事をやる、と云ふ点で以て、人間は生存して居るのだ、所謂、生きがひが有るのだ、此の嗜好は、人間の生命と云つてもよい」

あるいは放哉のいう嗜好性によって、彼自身が〈芳〉から〈放〉へと号を変えたのではなかったか。これまでよく指摘されているのは芳衛との失恋、破談が因となっているということ。たとえば彌生書房の『尾崎放哉全集』の年譜、明治三十八年の項では、「十月、沢芳衛との結婚を申し入れたが、医科大学生であった芳江の兄静夫は、従兄妹の結婚に反対した。これを諒とし、わが誤りを自覚して断念した。酒を知り、酒に溺れるようになった」と。こうした年譜的事実から、芳衛との結婚を断念した彼が、俳号も芳哉から放哉へと改めたというのが大方の見解であった。

たしかにおもしろい類推である。だがこれが真実であったとすれば、放哉の後半生の伝記はすべて失恋を軸に考えなければならないだろう。果たしてそうだろうか。そもそも芳衛の名を念頭に俳号を考えたというのが怪しい。彼の中学時代は梅史、芳水、梅の舎などの雅号で俳句や短歌を作っていた。そして当時、芳《かんば》しい哉何《かな》々などという言葉が通用。おそらくこのあたりからの借用で、芳衛命《いのち》と入墨するような深刻さはなかったはず。

また疑問に思うのは結婚申し入れの年月である。明治三十八年というのは、芳衛がまだ女子大在学のころだ。卒業するのは翌三十九年三月である。それ以後も、彼女は女子大の方に勤めるわけだから、さほど性急な状況でなかったはず。列の森田

美枝子の回想によれば、

「四、五年前に来の宮にあります親類の別荘で一緒になりました時、貴女に話しておきたい事があるとしみ〴〵申しますので何事かと思いましたら、放哉と結婚出来なかったのは兄が絶対反対したので仕方がなかった、ということでした。これは私もすでに知っていましたので……。

その兄の沢（沼津にて沢病院を経営、戦中死亡）を放哉は実に信頼尊敬しておりましたので相当なショックをうけた事と存じます（中略）

その後鳥取の尾崎と沼津の沢の間で電報が幾度も出入りしました。朝は婚約する、夕は取り止める、その度に放哉の心はゆすぶりつづけられたと母から聞いております。きっぱり思い切った芳え叔母の心がどんなに悩み苦しんだかわかる様な気がいたします」

これによっても、結婚申し入れの年月は不明である。いずれにしろ結婚は放哉と芳衛の問題でなく、家と家との交渉レベルに進展していた。とすれば当然、放哉の経済的独立も話題になったはず。芳衛がまだ女子大生で、放哉が帝大入学直後に結婚を申し入れたというのは、どう考えても腑に落ちない。

先に引用の芳衛宛の手紙は明治四十年三月初旬のもの。従来いわれてきた結婚破談の年月日から一年半も経過している。その書簡の後半部では、話題を変えて、仏教で劫《ごう》とよぶ時間についてのエピソードを書く。

「この間、こんな事を聞いた。広い〳〵草原がある。そのまんなかに二畳敷ばかりのマツ白い、しかも不透明体の石がある。あたりには木は一本もない。そこへ、一年に一度天女が空から舞ひ下つてくる。そしてその羅の裾でソロツとその石の上を払ふ。かくして其の石がすりへつて来て、無くなつてしまつたら、其時には望が達せらると云ふ……甚だ心細い次第だが、たとへが詩的だと思つた。面白いと思つた。こんな面白いたとへなら願などかなはなくツてもよいと思ふ。呵々。印度の昔話だとさ。面白いだらう」

孑孑を飲みこむのは瞬時の出来事、天女が石の上を払うのは永遠の話、瞬時と永遠との取り合わせが面白い。こうした視野において芳哉が放哉へと変転したわけだ。芳衛との縁談が破れたことばかり強調して、卑近に解釈すると、その後の放哉が見えなくなってくる。

また放哉が仏教的なものへ傾倒するのも、この時期だろう。後年の手紙で、ある友人にはこう書いている。

「一体『禅』ト云フモノヲドウ思うてるのですか？……一寸見ルトザックバランの何モカモ、カマワヌガラ〱ノ様ニ見エルカモ知ラヌガ、一度ホントニ僧房ニはいつて、座禅をくんで……実際ノ寺ノ中……、仕事ヲシテ御らんなさるとワカル（私ハ鎌倉円がく寺ニ居タノダガ宗演老師ノ生キテタトキで）ソレハ〱中々キビシイ厳重ナモノデ」云々。

この円覚寺には学生時代と卒業後と二度世話になったらしい。夏目漱石がここに参禅し釈宗演の提撕をうけたことはよく知られている。放哉もまた同様に宗演のもとで参禅した一人。何のためといえば、恋の悩みを吹っ切るだけでなく、もっと大きなテーマがあったのではなかったか。

一方、酒も悩みを吹っ切るために効用はあろう。姉並が回想するところでは、「彼がお酒を親しむやうになりましたのは、大学に入つてからでございまして、随分呑ン平になつたやうでございます」云々。そして酒についての感慨は、彼が大酒飲みになる前に、「俺の記」の中で書いている。

「酒ぐらゐ微妙な物はない、詩的な物はない、酒を呑むと云ふと、妙に気が大きくなる、六大洲は掌位にしか見えた物では無い、酒を呑んで中には泣く奴も有らう、怒る奴も有らうが、まづ大抵の者は、非常に愉快になつて来る、面白くなつて来る、無邪気になる、千鳥足になつて来る、こんな一種云う可からざるミステイカルな性質を以て居る物は他には有るまい。扨《さて》、斯う云う、素敵な面白い、愉快な酒なる者の趣味を、嗜好の馬鹿に多い吾々大人君子に持つて来て与へえるのだから、猫に鼠だ、忽に酒が好きになるのと云うのは、無理もない話だ。其結果はどーだらう、勿論学生の境遇だから、毎日はやれないが、一週間に一度位宛、金の有る時は、同好を誘つて、酒を呑みに行く、愉快になる、無邪気になる、豪傑気取になる、大きくなる、菓子が嫌ひになる、シルコが厭になる、凡そ、僕が知つてゐる酒党連中の経路は、以上の通りになつて行くのだ」

酒の味を知ることで、酒好きとなるのは普通のこと。そしてこれと裏腹に、勉学の方が疎かになっていく学生も多かった。放哉がまたその例で、一高時代の学業成績は上の部だったそうだ。けれど酒を飲むことを覚え、大学の二年三年になり卒業近くになって、彼は人が変わった。酒は飲まないと言いながら飲むと酔う。酔えばますます酒をあおり、昔の美点だった荒削のところが角立っていたという。こうなれば成績もガタ落ちで、試験の答案を書きながら、酔ざめの水を大学の用務員に要求するなどのデタラメも目立った。

鉄耕塾を半年ほどで解散した後は、さらにしばらく田辺と二人で翌明治三十九年夏の試験まで籠城。次は難波誠四郎と二人で、本郷区森川町に下宿し、また西片町に移り住んでいる。そこから芳衛宛に書いたのが長々引用した手紙で、ほかに同様のものがもう一通ある。実は年月、発信地ともに不明なのだが、当時の学生を批評しているところがおもしろい。

「今更可笑しい様なれ共、自分等の仲間（四千人の大学生といへばちと大袈裟ナレド）に甚だあきたらず、彼等は出校後は中流以上の社会に入る人ならずや、その人々等が何の為に勉強してゐるのやら自分にはわけのわからぬこと多し。（中略）彼等はもともと何の為、何をなさんが為に知名の士となるべきや、について決心もなく主義もなし。又何の為とする処あらんや。――大学生――毎日通学して勉強してゐる同輩を見る度に、それと語る度に、其物足らぬ心持するは之が為なり。此頃はホトホト嫌になれり。通学するのも嫌な気持がする。――之、蓋《けだ》し人のセン気を病みするものならんやもしれず――大学生を見たら大抵みんなこの位なツマラヌ考で勉強してる輩と思ふべし」
エリート中のエリート帝大生も、放哉にかかると形なしである。そういう自分も帝大生であるという難しさ。もちろん危い立場を自覚しないというのじゃなく、むしろ楽しんでいる。これも呼吸の面白さということか。当時、放哉の嗜好に合ったのはやはり俳句で、大学二、三年のころにはかなり熱心に作っている。それは「ホトトギス」や「国民俳壇」などに掲載され、数えれば二年間で百句あまり。そのうちより呼吸の面白さがあるものを、ここに抜き出して示してみよう。

ふらこゝや人去つて鶴歩みよる
長櫃の帰りはかろき夏野かな
百合咲くや朝ほがらかに藪の中
象に乗て小さき月に歩りきけり
波際に霧晴るる迄佇みぬ
闘牛の装なりぬ梅赤し
榾下ろす馬の背骨の聳えけり

サラリーマン

放哉が大学を卒業するのは明治四十二年（一九〇九）十月であった。本試験でパスしていれば六月に卒業できていたが、追試験があったから遅くなっている。もっとも本人は卒業の延びたことを意に介しておらず、後年になってそのころのことを或る友に手紙で次のように回想している。

「……『法学士』何者ぞや……第一、私は大学を卒業しまして、其の卒業証書も、モラワズに四年間も大学の倉庫（事務室の）中に、ホッテ置いたものです……決して、テラツタのでも無し、物ズキでもなかつたのです……只ソレ程、価値を認めなかつたから……学問した結果は……自分の『頭』の中に、シマツテある筈……卒業証書の上に乗つては居ないと云ふ様なワケで、呵々……」

たいへん愉快な帝大出の弁である。東大法科の卒業生は明治四十三年までで三三三一名、うち一三三九名は行政・司法・宮内官吏となり、また学校職員になる者も多かった。すなわち全卒業生の約六割が官界・学界に進出し、それなりの地位を占めていたわけで、これは一重に卒業証書のお陰である。

放哉の場合は端から官界・学界を拒否していたから選択肢は狭められていた。といって時代の動向には敏感で、すべてを超越したというのでない。彼が望んだ職業は銀行員で、当時としてはサラリーマンの代表的存在であった。けれど人材の要請には限りがあり、折からの就職難。石川啄木はそのころの「時代閉塞の現状」を「毎年何百といふ官私大学卒業生が、其半分は職を得かねて下宿にごろごろしてゐる」と書いている。放哉はそれでも日本通信社という会社にしばらく就職。くわしいことは明らかでないが、一か月間くらいで退職したようだ。

彼が改めて就職するのは、おそらく明治四十三年末か翌四十四年初めだろう。それまでの一年間ほどは啄木のいうように、下宿にごろごろしていた時期もあったろうが、鎌倉の円覚寺で禅の修行に打ち込んだ時期でもあった。何のためにといえば安心立命を得るためで、一方では不安をいだいていたということだ。

明治四十三年六月には日韓併合を強行し、朝鮮半島の独占的支配を確立。これにさきだっては幸徳秋水や彼と連絡のある社会主義者をつぎつぎ検挙し、大弾圧を加

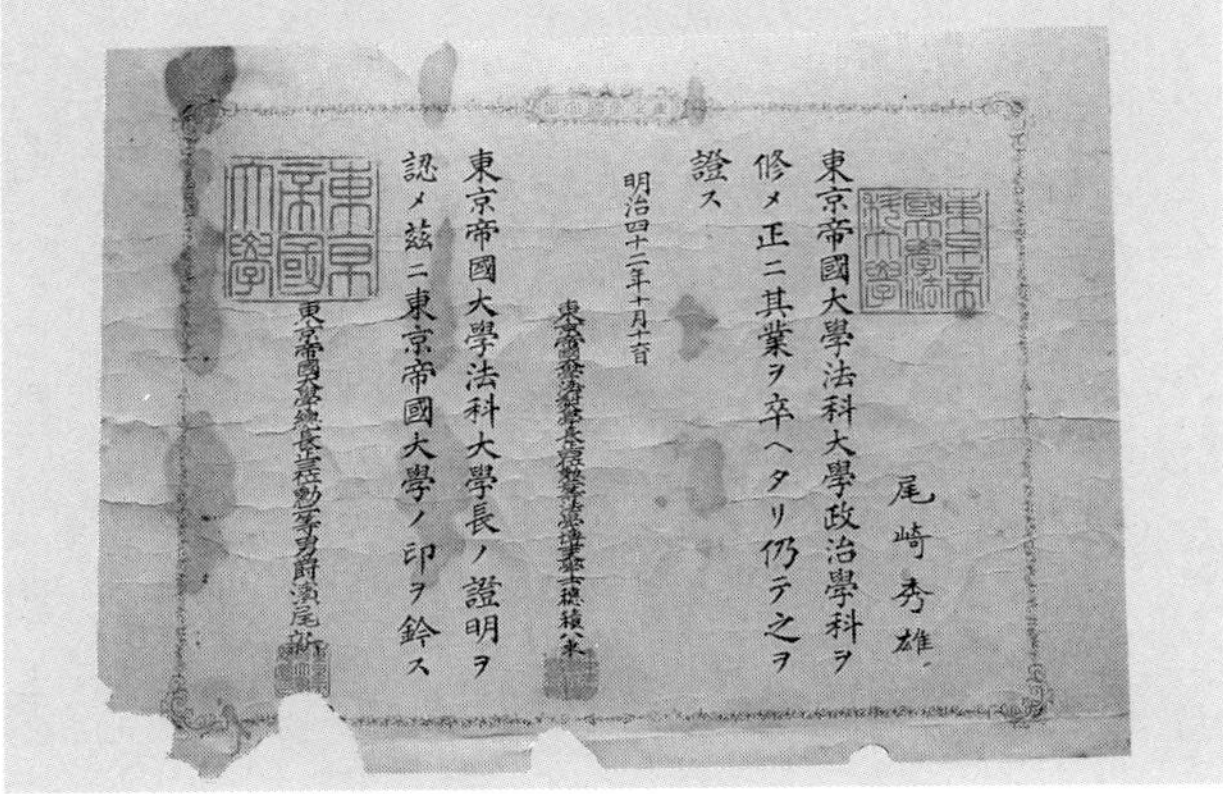
尾崎秀雄
東京帝國大學法科大學政治學科ヲ
修メ正ニ其業ヲ卒ヘタリ仍テ之ヲ
證ス
明治四十二年十月十一日
東京帝國大學法科大學長法學博士穂積八束
東京帝國大學法科大學長ノ證明ヲ
認メ茲ニ東京帝國大學ノ印ヲ鈐ス
東京帝國大學總長正三位勲一等男爵濱尾新

四年間もとりに行かなかった
東京帝国大学の卒業証書

えている。そして政府は「赤」とか「主義者」という呼び名が、いかにも危険きわまりない伝染病患者のごとく喧伝した。「社会」と名のつく本ならどれも発禁にする徹底ぶりで、『昆虫の社会』などというのまで発禁にしたという。

折からの社会不安に加えて、ハレー彗星の接近が大きな話題になっている。彗星が異常に長く尾を引いているので、その尾の中に地球が巻きこまれるのではないかという心配。さらに彗星が地球に衝突するのではないか、地球破滅の時がきた、などと騒ぎたてる風聞があった。

こうした終末的社会風潮の中で、「千里眼」という透視術が評判を呼んだり、南北朝正閏《せいじゅん》論の問題が起きている。つまり南朝方天皇が正統でないかという論議で、その裏には桂内閣倒閣の企みまであって政治的にも紛糾。当の明治天皇が北朝の系統であったから結着は難しかった。ついには宮中の祭祀その他は両朝併立、皇統は南朝正統と政治的妥協によって解決している。

こうした変てこりんな世の中にあって、放哉が何を考えていたか分らない。けれど後年になって風水学を信じ、その占いから尾崎家の先祖は大和の国の郷士で南朝方だった、などと因縁話を持ち出している。すなわち霊感的なものを大いに信じるタイプで、明治末年の変てこりんな時代の影響をもろに受けていたようにも思う。
サラリーマンにとって、霊感的なものはまったく必要ない。資本家と労働者の中間にあって、たとえば機能として事務を受け持つのである。その意味で放哉にはサラリーマンになることは不向きであった。といって遣ってみなければ分らない。彼が勤めはじめたのは東洋生命保険株式会社、現在の朝日生命である。就職の経緯については、生命保険会社の元部下だった人に次のような回想の手紙を書いている。

「官吏ト謂フモノ、虫ガ好カズ、銀行ニ入ラントセシニ、穂積陳重先生ノ話シニ、保険界ニハ大シタモノナキ故、寧ロ、保険界ニ入ル方上達ノ道早カル可シトノスヽメニヨリ、茲《ここ》ニ保険界ニ入ル。豈《あに》ハカランヤ、保険界ニハ人物ナケレドモ、利口ナ人ノ悪イ人物ハ雲ノ如ク集リ居ラントハ」

金融関係の業界において、保険事業は後発のもの。頭角を現わすのにチャンスはあるかもしれないが、海千山千も多かったに違いない。一般にはまだまだ良い勤め口とは思われておらず、社会的評価は低かった。これが長期金融機関として地位を確立するのは大正時代の末である。

放哉は穂積陳重に勧められて就職したというが、穂積は帝大法科での恩師である。

後に枢密院議長になる男爵で、夫人は渋沢栄一の長女であった。そして渋沢家のもう一人の女婿が、第一銀行の重役で東洋生命社長の尾高次郎。すなわち東洋生命も渋沢ファミリーの傘下にあったわけだ。そして郷里の先輩としては元社長で、当時は平取締役の西谷金蔵がいた。鳥取一中で親しかった西谷繁蔵の父親である。利用しようと思えば社内に有力なコネがあったわけで、放哉の社会人としての前途は洋々としたものであった。

勤め口が決まり、将来にわたって経済安定の見通しが立ったところで、放哉の嫁取り話が進められた。相手は鳥取市に住む板根馨という十九歳の遠縁にあたる娘。父親が教員として赴任していた朝鮮で早逝し、母親の手一つで東京に成育する。四女一男の次女、放哉より七つ年下の明治二十五年(一八九二)八月二十五日生まれ。

母板根寿は東京小石川にあった鳥取藩池田侯の屋敷の管理を委され、郷里から上京してくる女子大生などを寄宿させ、その世話で生計を立てていた。娘馨は家とは目と鼻の先にあった淑徳女学校で学んでいたが、明治四十二年四月に中途退学し母親と共に鳥取に戻っている。母寿は私立鳥取女学校を開校するにあたり、招請されて帰郷したのだ。その後の経緯については、馨の姉婿で鳥取一中教諭だった太中貞一の一文がある。

「家族の方々は鳥取に還られ、中町の、今佐竹さんがお住居の家に移られてから、馨さんの縁談が始まりました。それはN家からの申込みで、中町から、そんなに遠くはないところでありました。話が九分九厘九毛まで進んだ時、クワイ田からの交渉が起りました。クワイ田は即ち尾崎秀雄家で、ところが、秀雄さんである放哉さんには、学生時代からの恋人があり、それは前記のSさん（沢芳衛・筆者）ですが、とても熱烈な炎を燃していた女性であったけれど、秀雄さんとはいとこの間柄関係から話が成り立たず、行司のうちわは、馨さんに向けられました。だが、それには或る人の強い希望が働いたからで、——と、鳥取では謂われて居りますが、果してそのようでしょうか？」

放哉と馨との結婚は、いずれにしても性急であった。他家との九分九厘九毛まで進展した縁談を壊してまでなびかせるには、交渉は待ったなしだ。これを強引に推進したのは誰であったか。いずれにして放哉と馨は顔くらいは見知っていたろうが、相思相愛の仲というのではなかった。馨の姉太中みどりは、妹のことを次のように回想している。

「鳥取に帰つて後、かほるが女学校卒業（中途退学・筆者注）後まもなく尾崎より是非かほるをくれとの事なりしも、当時板根は父を亡くしてとても当時の学士様の嫁にやるような仕度は思ひもよらず、秀雄の学歴としてはどんな良い処からでも望みのまゝ故かたく断りました由なれど、親も本人も是非裸のままでよいからとの切なる申入れに遂にやることにきめました由。

生来かほると云ふ人間は私等と異なり余りにおとなしすぎる程おとなしく、決して人にタテツクやうな事のなき人柄、然し放哉は何分にも酒好きにして、むしろ酒に呑まるる方にて多少酒乱風でした。父親にもそんな処がありましたね。かほるをやる時にはかほどまでの酒呑みとは知らなかつたようです。かほるは夫に仕へて骨みをけづる苦労をしたことと思ひます。質屋通ひは度々の事。金があらうが無からうが、気の毒と思ふ人には呑ませ、食はせ、泊らせて、自然かほるも何人かの人々のお世話もしたやうです。嫁入りに持たせた着物は大方質草となり無くして居たやうです。然し本人は一度も母はもとより姉妹にも洩した事がありません」

放哉と馨が結婚したのは明治四十四年一月二十六日であった。彼はそれよりしばらく前から帰省していて、近所に住む楠城嘉一と吉方町の「樹の枝」という料亭で

放哉の妻馨（右）
撮影日不明

新婚当時と思われる
放哉と妻馨

しばしば飲んでいる。楠城は後に鳥取市長になる人物。二人でぐでんぐでんに酔っぱらって夜遅く帰るとき、近々結婚するという板根の家に、放哉は立ち寄って行くという。

「君！　これから僕は彼の家に行って来る」

こういって、わざと遠回わりして市内をいいかげんブラついてから帰ったらしい。酔いをさましてから自分の家に帰ろうという一策であったかもしれない、と楠城は回想する。とにかく無邪気で好人物であったという。

放哉の妻となる馨については、難波誠四郎の記憶が一番しっかりしている。放哉とは一高、帝大とほとんど一緒で、卒業後も同じ保険業界に入った親密さから、家族ぐるみの付き合いであった。

「尾崎は平常彼女を『オイ』『オイ』とも呼んで居たが又屢《しばしば》『かほる』とか『なあかほる』とか大変親しみを見せて呼んで居たから、私の頭には『かほる』といふ名の印象が深い。

かほるさんは身長五尺一寸——私の妻と丈が同じだつたからハツキリ斯う云へる——スラリとした、愛嬌ある、色白の美人であつた。そして何年たつても生活苦にもめげず、二十五六才の若さを失はなかつた。尾崎が酒に酔ふと、本人のかほるさんが側で『およしなさい』と云つて止めるのも聞かず、『かほるは別嬪だらうが』と繰返して云つたのも間違ひない所であつた」(『春の烟』)

二人が郷里の鳥取で結婚式を挙げ、上京して新居を構えたのは東京小石川。共に青春を過ごした土地である。そのころ放哉の給料がいくらだったかは明らかではないが、帝大卒だから最低三十円以上はもらっていたはずだ。会社での所属は契約課で、外勤員が客から取ってくる契約を適否に分けて事務処理する、いわば第一線の仕事である。これをさらにチェックするのがアクチュアリー、すなわち保険計理人と呼ばれる数理の専門家。この資格をもつ大原萬寿雄という人は鳥取県出身で、同郷のよしみから放哉をずいぶんバックアップしたらしい。入社の三年後、大正二年(一九一三)六月には大原計理部長のもとで、放哉は契約係長に昇進している。

放哉の会社勤めも、このあたりまではさほど奇行は目立たない。けれど翌大正三年、大阪支店次長として赴任したあたりからおかしくなる。それには放哉にも言い分があって、かつての部下には後にこんな不満を手紙でもらしている。

「最初ノ不平ハ、小生大阪支店赴任ノ時ヨリ始マル。……其当時ノ支店勤務ノ人々ノ中ニテ、小生東京ヨリ来タナラバ、酒ト女デ殺シテ帰シテシマウ方針ニ議決シ居タリトハ『神』トテ知ランヤ。之ハアトヨリ其謀議ニ加ハリシ人々ヨリ洩レシ也。可恐〳〵。

其後小生ノ身辺、常ニ、口ニハ甘イ事ヲ云ヘ共、小生ヲ機会毎ニ突キ落シテ自己上達ノ途ヲ計ラント云フ、個人主義ノ我利〳〵連中ニテ充満サレ」云々。

本社勤めのエリート社員も、地方の支店に赴任すれば周囲の人間関係は一変する。ただ実利主義で、地位や名誉は望むべくもない。そんな彼らに鼻もちならないのは、いずれ数年で再び本社に栄進して帰ってしまう三十歳前の若造の存在であった。地方支店の社員から見れば、放哉もそんなふうなエリート社員、すんなり受け容れてもらえるはずがない。

大阪支店の支店長は中田忠兵衛といって、たたき上げの苦労人だった。性格も放哉とはまるで異なり、放哉には融通のきかぬ無教養の人に映ったらしい。いってみれば最初から、彼とは呼吸の合わぬ人物であった。ために不適応を示す奇行が目立ちはじめるのだが、その原因はすべて酒を飲むことから引き起こされるものだ。

放哉の酒癖の悪さについては、いろいろ言われている。かつて『尾崎放哉の詩とその生涯』を書いた大瀬東二氏と私は、放哉の飲酒についてしばしば語り合った。

彼は医大出のその方の専門家だったから、考察には鋭いものがある。そんな大瀬氏の言によれば、放哉の酒癖は嗜酒症《デプソマニー》というのだそうだ。

「突如として飲むわけです。ある精神的な不安。つまり頭の中のなにかを忘れ、または抑えようとして飲む。で、飲み出せば酔いつぶれるまでアルコールを求め、攻撃的な粗暴な言動にでる。心中の苛立ちを殺そうとして。そうしては他人をひんしゅくさせる。普段は抑制できるんです。心中の不安や苛立ちを。だが、不安を抑えきれないと飲みだす。あとで慚愧《ざんき》に耐えぬ思いに陥ったと思います」

　大阪支店に勤務のころは、不安を抑えきれないで飲み出す酒が多かったようだ。飲みだすと途中では止まらないから、あとは慚愧の思いばかり。しかし酒を飲まないときは、実に優しい人間で、むしろ並より弱い性格であったかもしれない。しかしエリートと目されているから、いたわってはもらえない。大抵の人なら、そこを処世術でカバーするのだろうが、これが出来ない哀しさがあった。日常においては寡黙だったようで、これでは処世術も行使しようがない。そのことについては自らも認めていたようで、手紙となると冗舌になるのも不思議である。ある友へは、

「私は兎角、商売に似合はず、物を云ふ事がきらひな性分でして、つまりわかり切

つた事をシヤベルのがいやなんですな、わかり切つた事をしやべるより云はない方がよいと云ふ理窟から来た事でせう。酒でも呑んで、頭をぼんやりさせねばとんとシヤベラレマセヌ。物を云ふには酒を呑まねばならんとはずい分手数のかかつたとです。要するに古い言葉で云へばシヤベリ下手なんですな」

放哉はシャベリ下手から大阪で散々なめにあい、一年足らずで本社に戻って来た。大阪へ赴任する前は本社の契約係長だったが、帰って来たときは平社員で統計係。もとの契約係長に復帰するのは、大正五年になってからであった。

東京に帰って来てからの放哉の住居は、東京府下下渋谷羽根沢二百六十五番地。渋谷の赤十字病院正門をまっすぐ二丁程行った羽根沢通りの端にある、三間か四間の小ぢんまりした家が放哉の住む家だった。彼はそこから日本橋の東洋生命本社に通っている。そして帰りには、難波の勤める南伝馬町の太陽生命本社によく立ち寄った。そんなとき放哉は「今度は会社をやめる」などとよく愚痴をこぼしていたそうだ。

あかつきの木木をぬらして過ぎし雨　　放哉

放哉をのぞく尾崎家（大正四年）
左より姉夫婦の長男秀明（十三歳）
次男秀俊（十歳）、次女菊江（十五歳）
長女初子（十七歳）、母なか（五十九歳）
三女美枝子（二歳）、姉並（三十二歳）
父信三（六十五歳）、義兄秀美（四十二歳）

蹉跌

「あとで聞いた話ですが、尾崎君は酒が好きで、朝起きると、庭に朝顔の花が咲いている。これは一句できそうだなと思うとつい一ぱい呑みたくなる。一ぱいつけさせて句を考えるうちに一本あけてしまう。おい一本つけないかということでまた一本つける。そのうちにぐでんぐでんに酔ってしまってひっくり返って寝てしまう。とうとう一日休んでしまう。翌朝になるとまた朝顔が咲いている。今日は一つ作ろうと思って一ぱい呑む。そうして杯を重ねて句ができないまま寝てしまう。こうして三日くらい休んでできなかったことがある。なるほど私も尾崎さんのこない日がずいぶん多いように思っていた」(『放哉』所収の座談会録)

保険会社でかつて同僚だった高塚竹堂という人の語る放哉についてのエピソードの一つ。これによると、ずいぶん句作に熱中していたようだ。朝顔の俳句を一句つくるのに三日も四日も休むとはひどい。あるいはこれが、そのときの作だったのだろうか。

嵐の夜あけ朝顔一つ咲き居たり　　放哉

放哉は帝大時代にかなり熱心に句作していたが、それは守旧の定型であった。「国民新聞」の明治四十四年（一九一一）十一月十日には「只のやうな松露買ひけり峠茶屋」が一句だけ載って、それ以後は継続する投句なし。おそらく作句も中断していたはずで、再び熱心に俳句を作りはじめたときは井泉水傘下の自由律であった。

井泉水とは一高時代からの俳句仲間で、虚子や鳴雪、碧梧桐らを招いて根津権現で開いた句会には一緒に出席している。といって特に親しい間柄というのではなく、大学に入り句会に出席しなくなってからは疎遠になっていた。けれど井泉水の俳壇における活躍はめざましく、その存在をつねに注目していたのだろう。

井泉水は大正三年（一九一四）になると、もはや定型ではダメだと自らの主張を鮮明にする。俳句は誰のために作るのか。それは誰のためでもなく自分のためで、形式より内容こそが大切だという。そこより自由律俳句を様々に発想するのだが、放哉はかつての俳句仲間に傾倒した。

放哉はそのころ大阪に赴任して、石頭の我利ガリ亡者どもにいじめられていた。少くとも本人はそういう被害妄想にさいなまれ、とにかく自由を欲していたのだ。水を渇望して与えられたときのように、井泉水の主張をむさぼり読んだ。

井泉水はいう。俳句を作るとき必要なものは、自己の心から湧き出る何かだと。その何かをさぐることは、自己の心を深く掘りさげることになる。それは出された課題によって外面の自然を詠むのとは自ずと違う。すなわち自己の心を深く掘ることで、自己の中に自然が脈打ち、自然の中に自己の生命が息づいているのだ、と。

放哉にとって、こうした提唱は実に痛快事だったに違いない。以来、井泉水との仲も復活し、その主宰誌「層雲」に投句するようになるわけだ。「層雲」に掲載された放哉の俳句は、大正四年十二月号に一句、大正五年は六十九句、大正六年は八十七句、大正七年は四十二句、大正八年は二十四句。これ以後はまた句作中断の時期となる。

ところで種田山頭火も、「層雲」でこの時期に同じく活躍し、また中断するのもほぼ同様だ。たとえば大正二年が二句、大正三年が七十三句、大正四年が百七十六句、大正五年が八十九句、大正六年が七十八句、大正七年が三十三句、大正八年が一句で、大正九年が十四句で、以後は中断。その間、山頭火が「層雲」選者の一人になった時期、放哉の数句を選んでいるのは注目すべきだろう。たとえば山頭火が選者となり大正五年七月号で、まず選した俳句は、

谷底に只白く見ゆる流れなる　放哉

その後も山頭火は大正五年九月と、翌六年四月、七月、十月に放哉の投句から各一句ずつ採っている。

山頭火も放哉も、かつては有季定型の伝統俳句で鍛えた人だ。そんな二人が自由律俳句に転向し、やがては身まで持ち崩して行く。つまりは俳句を道づれにしての自壊であったか、俳句に道づれにされての自滅であったか。いずれにしても当時の自由律俳句には、どこか魔力のようなものがあった。そのころ放哉が俳句をどう考えていたか、大正七年二月一日の井泉水宛書簡から、その一端を示してみよう。

「此頃折々思ふ事ですが、吾々が鎌倉のオ寺に遊んだ事がある経験上、所謂俗人の時と（今も猶俗人なること勿論なのですが）それから公案の二ツ三ツに及第した時

と、其の后の現在の俗人の状態と、以上の三期にわけて見得ると思ひます。第二期に於てスッカリ悟り切つてしまつたと仮定しますと、此の境地から、第三期の真実の活動が出て来るのだと思ひます。只不幸にして、吾れ〳〵は第二期に於て完全に悟りきれず、従つて、第三期の活動期も甚旗幟不鮮明な感じがするのであります。俗人の第一期を俳句の月並や写生に満足して居た時期と見ますと、第二期は、今日層雲に於て私が進みつゝある時期と見る事はいけないでせうか。所謂、今が芸術に到達した時期と見ますと、第三期の悟入を脱した活動の時期は、所謂、芸術より芸術以上へ進む時期と考へる事はいけないでせうか。若しかく考へ得るとしたならば、所謂第二期の芸術時代、悟入の時代は一番大切な時ではありますまいか。完全なる悟入を得る事が出来なかつたならば、遂に第三期の、真の活動時代、芸術以上の時代には発展する事が出来ずして（自分では第三期に這入つて居ると思つて居ても）第二期だけで、おしまひで、続いて終つてしまふのではありますまいか。して見ると、今の時代が一番大切な時期と云ふ事は出来ませんでせうか」

いってみれば、現在の句作は禅修行において公案を苦心している時期と同じだ、との見解。禅においては、その方法が確立している。おそらく放哉はそれに習って句作修業もしたはずだ。朝顔に向って会社を三日も四日も休むのは、彼にとっては確信があってのこと。

修業というのは本来が武骨なもの。人前に出すのを目的としない。だから荒削りだが、見ようとするものはその先であった。

海が明け居り窓一つ開かれたり
水の闇が濃くなり行けば赤い灯が
つと叫びつつ駈け去りし人の真夜中
流るる水にそれぞれの灯をもちて船船
落つる日の方へ空ひとはけにはかれたり

放哉の句作への熱情は、なかなか理解できる質のものでない。もともと会社員として適応できないところから出発しているのだから、会社で受け容れられるはずもなかった。とすれば、会社とは生きがいを得る場所でなく、生活の資をかせぐところ。ことに俳句に熱中しはじめてからは徹底していたようで、無駄がなかった。その一つは出退社の時間で、当時の同僚は後にこう語っている。

「平生は無口でして、ほとんど無駄口をきかぬほどです。会社に出て来るのがたいがい十時、帰るのは三時ごろ(笑)この時間は非常に几帳面だった。契約課の仕事は各支店、支部から申込書が郵送されてきますから、その書類の整理は野沢さんの係で、よりわけてお昼までに決定を課長の判できめなければならぬ。従って十時半よりもおそくは出られないわけです。十時前に来ても仕事にはまだ早いのだから、無駄のない時間を使っていらっしゃったといってもいいでしょう。午後は何かの決済の判をおすとさっさと帰られた。その点は非常に時間が正確でした(笑)」

この証言によって、放哉の勤めぶりが鮮明になる。ただ自堕落なための遅刻と早退とは違うのだ。立派に機能を果たしている。いかに東大出だからといって、学歴だけで契約課長には抜擢されまい。大阪支店の勤務では失敗したから、係長から平社員に格下げになっている。それを回復して、再び契約係長になったのは大正五年。そして大正七年には内務部契約課長に昇進。大正十年には契約課長兼財務部調査役、ときに三十六歳の若さであった。

放哉はこうした自分の地位をどう考えていたか。部下には、たとえばこのように

保険会社時代。東京の料亭で
向かって右から二番目が放哉

語ったこともあったという。

「大体、上役というのは、書籍にたとえれば表紙なんだ。細かいことにまで人のアラを探るやうな眼で見るよりも、各人をして与られた一頁に、その性能を十分に生かし、各々に責任のある内容を盛れ、その上の締め括りは私がはっきりとつけるから」

これはなかなか気っぷがよくて、真似の出来ない合理的な態度だ。それに対して、当時の部下はどう反応していたか、後にこういう証言がある。

「大部分の方は洋服を着ていらっしゃったが、尾崎さんは常に和服で羽織袴《はおりはかま》で勤務していらっしゃったようです。そして契約課長としての尾崎さんはまことに温厚なものやわらかい方でした。私営業課におりまして、たとえば契約課長にこの程度のものを契約していいか悪いかの決定のことですから、ずいぶん無理を言いに行ったものですが、その後がさっきお話しの辻さん（当時営業課長だった辻友親・筆者注）ですが、辻さんよりも尾崎さんの方が気前よく私どもの言うことをよく聞いて下さって、まあいいだろうというふうに、思いやりと同情を持って営業課の人に当っておられた。まことにものやわらかい方のように私は記憶しております。それで尾崎さんはものわかりのいい話せる契約課長だというので評判がよかった」

　型破りの放哉に、もちろん非難の眼を向ける人も多かった。たしかに理にかなったやり方だから所管事務に遅滞やへまはなく、結果は勤勉な課長が率いる他課より良い成績をあげていたという。それもまた秩序を乱すものと指弾の対象になる。たしかに大正八年暮れの忘年会のときには、幹事として集めた会費の拾円紙幣を料亭に行く途中の日本橋の上で通行人にばらまいたこともあったそうだ。こうした奇行をどう解釈するか。彼としては何かに対し一大デモンストレーションであったはずだ。

　それにしても、放哉個人のふところ具合はいつも覚束《おぼつか》ない状況だった。金に対して無頓着で、部下も困ったということだ。

「尾崎さんにはいろんな逸話がありますが、こういうことを言って尾崎さんに失礼であっては困るのですけれども、二回も三回も会計から私に金を借りさせる。(笑)一人で呑みに行くのはさみしいのでしょう。必ず私を連れて行く。そして悪意があって言うわけではないが、尾崎さんはおれがいるからお前はここに勤めていられるんだと言うのです。私は何も尾崎さんから月給をもらっているのぢゃない。しかしあとになると別に何でもないのですが、そういうことも絶えずありましたね。それが尾崎さんは月給をもらっても、野沢君、僕の月給は幾らかなと聞くんです。尾崎さんは自分の月給も知らなかった。私は月に二回も三回も借りさせられるから、私の方がよく知っていたわけです。(笑)」

放哉も部下を使って前借りさせる課長時代は、月給七十円以上はもらっていたはず。といっても家庭が潤うことはなくて、馨はいつもやりくりで苦労していた。これも当時の部下の回想談だが、

「その時分には今と違って奥さんはほとんど丸まげ、娘さんは銀杏《いちょう》返しであった。そのとき砂田町の金ちゃん、これは折原金五郎という人ですが、この人は内勤で後に外回りになったのですが、非常にのどのいい方で歌の名人でした。やはり酒豪で、私はお宅を訪問したことはないのですが、金ちゃんはお互いに行ったり来たりしていた。金ちゃんと私も行ったり来たりしていたのですが、なかなかその方の豪傑がいて、佐藤真一、佐藤庄一、折原金五郎という、いろいろな意味において豪傑だった。その折原の話に、ゆうべ尾崎先生のところへ呼ばれて夜を明かしてしまった。実に根岸君、尾崎さんは話せるよ。かかぁが丸まげ結っておしゃくしたのぢゃ君た

ちまずいだろうといって、奥さんに水もしたたるような銀杏返しに結わしておしゃくをさせた。そういうふうに呑み友だちに気をつかってくれるのだというのです。なるほど尾崎さんは話せる人だなといまだに印象に残っております。それからお酒の上の失敗の話で、遊廓から馬をひっぱって回ったとか、これは間接の話ですが、私の知っている素面の契約課長としての尾崎さんのあのものやわらかい人と、また一面酒で失敗する尾崎さんと人間が違うのですな。あの尾崎さんがという印象でした」

保険会社において契約課長という役職はいわば花形だが、外勤の社員たちをいかに使いこなすかで真価がきまる。そのうちでも金ちゃんほか両佐藤は名うての豪傑。そんな三人を家に招き、朝までサービスすることは単なる酔狂だろうか。

東洋生命というのは明治三十三年（一九〇〇）に共慶生命の名で資本金十万円をもって発足した。東洋生命と変更したのが明治三十八年で、やがて渋沢栄一ファミリーの傘下に入ることで飛躍した会社だ。社長が渋沢の女婿であることは書いた。渋沢が相談役として後援し、第一銀行からは佐々木清磨らの人材を迎えている。

保険業界で三大会社といえば明治生命、帝国生命、日本生命だろう。やがてこれに肉薄していくのが東洋生命で、明治末年(一九一二)の一年間に一千万円以上の契約高を示したことは大変な急上昇と業界で話題になった。その後はさらにとんとん拍子で、大正二年(一九一三)は三千万円、大正三年は四千万円、大正七年は五千万円、大正九年はついに一億円を突破したという。そんな上昇気流の中で、放哉はずっと契約畑を歩き、大正二年六月からは本社の契約係長、大正七年からは契約課長の地位にあった。つまり人には奇行と思わせながら、すべて打つべき手は打っていたのだ。

ところが、大正九年二月に社長の尾高次郎が急逝した。ために会社は大騒動で、後任人事でも紛糾し、そのとき常務取締役だった福島宜三が社長に就任。これが渋沢ファミリーの一員でなかったため、おそらく内部分裂があったのではなかろうか。ためにこれまでのような牧歌的な会社勤めは許されない。福島社長のもと新体制人事でも放哉は引続き契約課長で、さらに財務部調査役の肩書も加わっているが、そのあたりから地位は急に危うくなる。

これまでの説によれば、放哉は大正九年十二月に会社を辞めたことになっている。当時の同僚たちの証言によっても、退職は大正九年末が有力であった。けれど事実はそうでなかったようで、放哉研究家瓜生鉄二氏は当時の東洋生命に関する内部資料を調査し、新事実を発表している。その著『流浪の詩人　尾崎放哉』によると、大正十年十月六日発行の「保険銀行時報」には、契約課長を免ぜられ、兼務の財務部調査役だけが残っているという。

おそらくこのころになると会社に出勤することはなかったようで、同僚でさえ放哉は退職したものと思っていたのだろう。あるいはこれより少々以前になるのだろうが、かつて部下であった契約課員が回想するところでは、

「寒くなったころで尾崎さんもそろそろやめる当時のことなんです。夕方尾崎さんが飲食に行こうというのであとについて行きました。当時会社は日本銀行の裏にありました。どこへ行くのかなと思いながらついて行ったところ、村井銀行の地下室にバーがありまして、そこへ降りて行きました。君酒を呑むかと言われるので酒は呑めないと言ったら、それぢゃ御飯でも食べるかといってうなぎ飯をとってくれた。尾崎さんは自分で何か注文して酒を呑んでおりました。（中略）それからしばらくたってそろそろ酒が回ってきたのでしょう。君は会社で『日本及び日本人』を読んでいるようだけれども、あれは一体どういう人間が読むものかというのですね。私は

ただ俳句が好きなものだから読んでいるので、別にこうといって深い意味はないですよと言ったら、あれはどうしてなかなかしっかりした人間でなければ読めないのだ。そんなことはありません、ただ読んでいるだけです。そんなことを言っているうちに、僕はそのうちどこか寺へでも行って寺男になって余生を送るつもりなんだと言われるから、そうですか、そんなことがあなたにできるのですかと言うと、おれは行くつもりだと、それははっきり言いました。これはおそらく尾崎さんがやめることを前提にして言われたのぢゃないかと思います」

＝外　地＝

放哉は東洋生命に勤務していた時期を振り返って、書簡で次のように書いている。

「其後小生ノ身辺、常ニ、口ニハ甘イ事を云へ共、小生ヲ機会毎ニ突キ落シテ自己上達ノ途ヲ計ラント云フ、個人主義ノ我利〱連中ニテ充満サレ、十一ケ年間ノ辛抱モ遂ニ不平ノ連続ニテ、酒ニ不平ヲ紛ラシ、遂ニ辞職スルニ至ル。其ノ時小生、最早社会ニ身ヲ置クノ愚ヲ知リ、小生ノ如キ正直ノ馬鹿者ハ社会ト離レテ孤独ヲ守ルニ如カズト決心セシナリ」

この決心は同じ課の部下にも語っているが、辞職したのはいつであったか。大正十年(一九二二)末には妻の馨と共に鳥取に帰っていて、今後の身の処し方を考えていた。そんなある日には、幼いころからの親友楠城嘉一(のち鳥取市長)に鳥取駅前で出会っている。放哉は吉岡温泉に行っての帰りのようで、

「まあ君、ちょっと一杯やろう」

こんな調子で、二人は手軽な料理屋に上がって酒を飲んだという。姪の森田美枝子は当時八歳だから、放哉夫婦が鳥取に帰って来たころのことをよく覚えている。

「私の記憶のはじめは朝鮮へ行く前に帰省のおりの姿です。叔父はお酒ばかりの酔い姿で私はこわくて叔母の後ばかりくっついていたものです。東京弁で色の白い美しい叔母が珍らしくてたまらなかったのでしょう。その折私を一緒に朝鮮に連れて行くという話も出たのですが、両親がことわった様です」

ところで、放哉が朝鮮に行く話はおそらく急だったはず。前もってそんな予定はなく、会社を辞めて鳥取へ帰り、これからの生活をどうするかで模索していた時期であった。放哉自身は適当な寺を見つけて、寺男になろうとしていたかもしれない。これと軌を一にして、義兄の尾崎秀美が鳥取市内の興禅寺境内に隣接した土地に家を建てている。名目は秀美の長男である秀明のためだった。彼は後に黄檗《おうばく》宗で沙彌《しゃみ》の位階をうけている。けれど、放哉が望むなら隠栖《いんせい》の場所として、そこを放哉に譲ってもよかったのではないか。

興禅寺というのは黄檗宗の寺で、現在ここに尾崎家の墓所がある。実は興禅寺に墓を移したのは、放哉が没した大正十五年のこと。このとき先祖代々の菩提寺であ

放哉の妻馨（三十歳）と
姪の森田美枝子（十歳）
大正十年

った馬場町の完龍寺から離檀し、興禅寺の檀家になっている。そのあたりに何か複雑な事情も秘められていそうだが、放哉は急に朝鮮へ行くことになり、隠栖の家は必要がなくなった。

直接の話は、無二の親友ともいうべき難波誠四郎からもたらされたものだった。一高、東大を出て、その後も同じ保険業界に身を置いてきた友の脱落は、なんといっても淋しい。そんなとき難波は人材を求めているというニュースをキャッチしたのだ。それも渋沢栄一ファミリー傘下で、朝鮮火災海上保険会社を創る動きだった。その設立準備のため、現地へ赴く支配人が必要というのだ。難波は電報で放哉の上京をうながした。その一方で、いろいろ工作したらしい。そのあたりのことは難波が言葉すくなに回想している。

「大正十一年であったか、尾崎は十年以上勤めた東洋生命をやめて一時浪人して居たが、私の紹介で朝鮮火災の支配人に就任し、渋谷の貧乏世帯を畳んで任地に赴いた。その時かほるさんが、我々に呉れた長火鉢のどうこは今でも私の宅の長火鉢の中にある」（『春の烟』）

朝鮮火災海上保険会社は大正十一年九月十八日に創立総会を開き、社長以下取締役の主なる人事を発表している。放哉が朝鮮に渡ったのは四月ころだから、創立準備のために五か月間ほどは奔走したはずだ。東京を出発する直前に、放哉は元部下の野沢留吉を呼び出して、酒飲みの相手をさせている。

「一番最後に尾崎さんに会いましたときは、本郷菊富士ホテル（大杉栄が下宿していたとかいう）にいたのですが、そこから私に電話がかかってきて、難波さんの紹介で朝鮮火災へ行く支度が済んだから野沢君来てくれということで行きましたところが、とっくりが五、六本並べてある。尾崎さんあなたは難波さんとの間で、酒を呑まないという約束で行くことになったそうですが、酒を呑んでいいのですかと私が言ったところが、野沢君、君とは長く会えないだろうから、今夜一ぱいやろう、それが最後でした。そのときいろいろな話が出て、野沢君、君にも今日までずいぶん厄介もかけたし、君もあまり楽ではなさそうだから小遣いで君を困らせないと言っておりました」（『放哉』所収の座談会録）

外地の朝鮮は明治四十三年（一九一〇）に、いわゆる日韓併合して以来、徹底した武断政治を背景に搾取収奪がまかりとおった日本の植民地であった。もちろん一方では朝鮮民族の独立要求運動がなくはなかったが、三一独立運動（大正八年）直後の原敬首相は「朝鮮は日本の版図にして属邦にあらず、植民地にあらず、即ち日本の延長なり」との談話を発表。つまり支配者意識や植民地意識さえも欠いた鈍感さで、他国を支配したわけだ。

放哉は朝鮮で一働きするにあたって、どんな態度でのぞんだか。そのころ朝鮮には約三十の火災及び海上保険会社があった。そのほとんどの会社は契約の保険料を内地の日本に回送していたという。

放哉の朝鮮火災保険会社は朝鮮殖産銀行、朝鮮銀行と提携して、朝鮮での産業資金に利用した。そのため代理店も朝鮮殖産銀行、朝鮮銀行の各支店が窓口となり、事業は予想以上に発展。放哉は支配人の地位にあったわけだから、もちろん現地の朝鮮人との交際は多い。

朝鮮服を着て撮った、放哉の写真がある。妻の馨も正装の朝鮮服で、友人家族と一緒のもの。日本では洋服でなく羽織袴でとおした彼にしては、めずらしい順応性を示している。また朝鮮に来たときから、朝鮮服には興味があったらしい。井泉水宛に朝鮮の様子を知らせる手紙の中でも「白服ノ鮮人意外ニ多キニハ驚入申候」と書き、「釜山より朝末明京城に至る途」と前書きをつけ次のような俳句もそえてい

左写真と同じときに撮影。
夫人が朝鮮服をとり替えている
右側の二人が放哉と妻馨
子どもは他人の子

左側の朝鮮服を着た二人が
放哉（三十七歳）と
妻馨（三十歳）
大正十一年

る。

　白きものうごめく停車場の夜あけにて
　白いは人と鳥とにて青い畑よく鋤かれたり

ところで気になるのは朝鮮人と表記しないで、鮮人と書いていること。これは明らかに差別表現だが、当時は日本人の誰もが使っており、放哉もまたその一人として歴史的限界を背負っている。けれど私利私欲のために朝鮮に渡ったというのではなく、故郷に錦を着て帰るつもりもなかった。そのことについては、井泉水宛の手紙がある。

「啓、大分御無沙汰しました。なんか、かんとか云つても矢張り死ぬ迄は働かねばならぬものと見えます。京城が小生の死に場所と定めてやつて来ました。来て見ると寒サは獰猛言語に絶するものがありますが、呑気な処が有ります。一寸、内地に帰る気分が致しません。(東京ノアノ電車の満員を連想してさへも)私には、こゝの気分があふのかも知れません。毎日、愉快に仕事をして居ります。毎日、白い服を衣た鮮人に、たくさん逢ふのも嬉しく、青天の多いのもうれしく感じます。御らんの通り(営業案内で)、会社の事業はこれからで有りまして、小生ノ后半生を打ち込んでかゝりました支配人としてイクラか自由な計画が出来ますから、ウンと腰をすゑてヤル考で居ります」

この手紙によると、おそらく会社の営業案内も同封していたらしい。自分のやっている仕事に前向きで、また意欲も感じられる。朝鮮の空気にうまく溶けこめたのだろう。そのころ一高、東大のときの学友であった青木青天には、会社の仕事も頼んでいる。青木の回想するところでは、

「其後は之れといふ程の交渉はなかつたが、朝鮮火災海上保険株式会社の封筒で、放哉から手紙を受取つた事がある。其当時自分は横浜で或る回漕店の経営に関係して居たので、東京横浜方面に於ける保険損害の調査鑑定について代理店を依頼して来たものであつた。当方でも別に異論なく承諾して、爾来、事の起つた場合には調査の事務を執行して、現在でも横浜の其回漕店では、依然として代理関係を継続して居る事と思ふ」(『春の烟』)

なんといっても一高、東大という学閥を利用するなら、仕事も広範囲に業績をあ

げることが出来たろう。放哉の一高時代の最も親しい友人といえば、なんといっても七人のボート仲間、英法科の代表としてレガッタで優勝したこともある。それら親友のことを回想して、後に手紙で次のように書いている。

「其の七人の選手の中で（a）一人は……一時、大蔵次官迄シタ事のある青年大雄弁家……青木得三、えいマア何レ大臣モノでせうな、（b）一人ハ朝せん全北の内務部長、（c）一人ハ大阪商船の大連支店長をしてゐたが今洋行してるとかきいた、（d）一人ハ、東京デ長く弁護士をヤッテます、（e）一人ハ勧業銀行（東京）の九州のドツカの支店長ニナツテ行ツテル筈、（之ハ、山本達雄と云ふ、大蔵大臣がアリマシタガ、之レノ親類で、ソレデ、どん〳〵進みました、イヅレ本店の重役モノでせう、（f）一人は、……大学卒業前ニ死にました、……非常によく出来る奴だつたが、惜しい事をしましたよ。扨、一人は某海上保険会社の支配人ダツタのだが、只今ハ、乞食になり、且、結核になつて、ボロ〳〵然として、『俳句』を只一つ、うなつてゐるさうであります」

最後の七番目は、戯画化した放哉本人。（b）の親友は特に懇意であった丸山鶴吉という人だ。放哉と丸山は同じころ朝鮮に住んでおり、旧交をなつかしんで付き合

うこともあった。しかし共同の友人の伝える回想文では、
「大抵のことには無頓着な丸山（今の警視総監）が朝鮮の警務局長時代に東京へ出て来た時『尾崎（京城時代）にも困る。真夜中に酔ぱらつて官舎に乗込み、俺は不在だと留守居のものが断つても、何処かへ隠れて居るんだらうなどと家の中を探し廻る始末、俺が隠れたりする男かい。あいつの酒は困つたものぢや。』と酒にかけては人後に落ちぬ丸山も放哉の酒には余程辟易して居る風だつた」

京城での就職を斡旋したのは、同じく学友の難波であった。彼も放哉の酒癖の悪さだけは心配で、太陽生命で上司の清水専務と二人で禁酒を誓約させていたという。その上で支配人のポストを世話し、朝鮮へと送り出したのだ。けれど出発直前の菊富士ホテルでも相当に酒を飲んでいたようだから、彼の酒癖も改まっていない。そのためにかさむ浪費はたいへんな額で、給料をいくらもらっても火の車。

難波はかつて放哉が東洋生命時代に作った借金の、連帯保証人になっていた。放哉が返済しなければ、いずれは難波に迷惑のかかるのは必然。もちろんそんなことは放哉にも分っていたが、酒の上での愚行が思わぬ出費を招き、放哉にも以前の借金を支払う余裕は出来ない。困ったのは難波の方で、内地に居る彼の方に矢のよう

な催促がいく。それに耐えきれなく、難波は分割払いをしたらしいが、そのために難波の妻が質屋通いをすることもあったそうだ。

友情にもどこかで我慢の限界がある。最後まで庇護者であった難波にも、ついには愛想をつかされるのだ。こうなったら放哉の立場はないに等しい。やがては朝鮮火災海上保険会社での地位も失うことになるのだが、そのあたりのことは後に回想して、放哉自身が書簡の中で書いている。

「即支配人トシテ基礎工事ヨリ仕上ゲ、人間モ作リ満一ケ年ヲ経過シテ〇〇万円ノ積立金ヲ残ス事ヲ得、仕事ハコレカラト云フ処デ社長ノ命ニヨリテ辞スルニ至ル。小生朝鮮ニ行ク時、此事業ニシテ成ラズンバ『死スカ又ハ僧トナルベシ』トアル人ニ誓ヒタリ。目下、僧同様ノ生活ニ入ル。何時又死スヤモ知レズ。小生ハ決シテ約ヲタガヘル人間ニ非ザル也。茲デ如何シテ朝鮮デヤメタカト云フ疑問起ルガ当然也。小生ハ決シテ自己弁護セズ。又弁解スル事ガイヤ也。小生ガワルカツタ事、事実ナラン。但小生今猶々、自分丈ケハ天地ニ恥ヂヌト思ツテ居ル。要スルニ此ノ『馬鹿正直』ガ祟リヲナシテ、人ノ悪イ連中ガ社長ニイロ〳〵吹キ込ミタル結果也。皆又、東洋生命ニオケル時ト同ジ。ツク〴〵イヤニナツタ。然シ、何シロ、朝鮮ヲ永住ノ地トシテ働ク考ナリシ故、無資産ノ小生、友人等ニ少々ノ借金ヲシテオツタ。之レヲ返却スル道ナシ（突然ノ辞職故）ソコデ満州ニ行ツタノデス」

放哉は満州に行く前に、鳥取出身の後輩で近藤酊仙を頼って朝鮮にとどまろうとした。近藤はそのころ朝鮮のある地方で農園を経営していたという。そこに放哉からの手紙が来た。

「自分は此の度会社をやめなければならないことになつてゐる。会社の重役等は、自分がお酒がすきなものだから、会社をやめるように仕向けてくる。自分は嘗て学生時代に野狐禅に凝つたことがあるが、そのせいかしらウルサイ会社生活などもとより好む所でない。愈々《いよいよ》今度といふ今度はやめようと思ふ。あんたは農園を経営してゐるさうだから、自分をその番人にしてくれぬか。家内と一緒に行つて草取りでもして暮らしたい。それとも附近にお寺があるなら、そこに住まうやうに世話してくれぬか。自分共にはお金もないし、子供もないのだ。自分の家内はどんなことでも辛棒出来る女だから……」（『春の烟』）

大体こんな主旨の文面だったという。だけど落ち着き処はうまく見つからず、放哉は大正十二年七月ころ満州の長春までも仕事を求めて行くのである。あるいはすでに惨めな道行きであったかもしれないが、そこは日本の軍部と結びついた資本や、一旗組が跳梁する未開の新天地。いわば最後のチャンスを求めて、出かけたのだろう。そしてその地で威勢をふるう南満州鉄道会社、いわゆる満鉄にはかつて大学のころ鉄耕塾で一緒だった二村光三がロンドン留学後に入社していた。

　おそらくこの二村のコネで、何かをしようと目論んでいたようだが、世話になったのは満鉄病院に入院することくらいではなかったか。放哉の満州における数か月の動静はあまり詳しく分っていない。後に回想して知人に書いた手紙の一節は次のとおり。

「満洲デ一働キシテ借金ヲ返サネバ死ヌニモ死ナレヌト考ヱ、長春辺迄モ遠ク画策ヲシタノダガ、寒気ニアテラレ、二度左肋膜炎ニカヽル、満鉄病院長ノ言ニ肺尖甚弱クナツテ居ル、三度目ノ肋膜ハ最モ危シトノ事。天ナル哉命ナル哉。借金ヲ返ス事モ出来ズ、事業モ出来ヌ。此時、妻ト『死』ヲ相談致シタ。此ノ時ノ事ハ今想ヒ出シテモ悲壮ノ極也。人間『馬鹿正直』ニ生ルヽ、勿レ馬鹿デモ不正直ニ生ルレバ、コンナ苦労ハ決シテセヌ也」

　放哉はここに万事休すといったところ。そして再び日本へと帰るのだが、その数か月間の俳句というのは、どんなものを遺しているのか。

草に入る陽がよろしく満州に住む気になる
犬が覗いて行く垣根にて何事もない昼
わが胸からとつた黄色い水がフラスコで鳴る
ここに死にかけた病人が居り演習の銃音をきく
小供等たくさん連れて海渡る女よ
遠く船見付けたる甲板の昼を人無く

放哉が外地の朝鮮から井泉水に書き送った手紙の一節が、なお少々気になっている。それは「小生仏性を抱いて半分の覇気か、邪気か、を有し、両者の統一に成功するを得ず、遂に『俗人化』に満足して、只今当地に有之候。将来は『俗人化』の『洗錬』に努力致すべきかに存じ居り申候」というくだり。すなわち朝鮮での仕事を引き受けたときも、なお、仏性はたっぷりあったというのである。

満州を放浪し、長春で病んでいたとき、妻の馨に口述筆記させた便箋紙六枚ばかりの文章がある。そこには放哉自身の思想遍歴が語られていて興味ぶかい。当時のインテリはたいていそうだが、放哉も最初は西洋哲学書をむさぼり読み、やがて『老子』などの東洋哲学に戻ってきたという。大学を出てからは哲学よりも宗教にこり、そこに安心立命を見い出そうとした。それも当初は自力宗の禅だったが、やがて浄土の他力宗に転じている。以下引用で示しておこう。

「理由は簡単にして、我々凡人にては、到底安心立命出来ざるが故に、非常なる難業、苦業の結果、悟りを開き、人、すなわち仏の恩にすがりて、安心立命さして貰ふのなり。

されば、仏の残し給ひし教への経本をよく守り、煩悩を抑へ、仏に懺悔し、仏の救に、二六時中身をまかす。我身を一任する事なり。

斯くの如き簡単なる安心立命の方法が、なぜ今迄気が付かなかつたといふのは、一は哲学研究にふけりしため、二は自力宗に依つて、安心せんとする我執ありしが為なり。

然も最後の念仏、信仰については、此度病気伏床中の収穫なり。病、豈《あ》に感謝せざるべけんや、そも南無阿弥陀仏とは、印度語にして、之れを訳すれば、帰命無量寿仏となり、すなはち、我命は帰する故、常に貯《ママ》ける、誰に貯《ママ》けるかといへば、無量寿仏、すなはち、其の仏の教へのままに暮して行けば、すなはち、今世も、後世も、安楽なので有ります。さういふ偉いお方で有から、褒める言葉もない位いだ」

放哉の辿りついた信仰の世界である。その教えを説く経典は多いが、その中心は浄土三部経の一つ無量寿経であろう。その中に放哉の傾倒する阿弥陀仏のことは、詳しく書かれている。

また当時、宗教実践家として話題の人に西田天香がいた。彼の著書『懺悔の生活』は大正十年（一九二二）七月に出版され、たちまちベストセラー。たとえば一年間で百二十版の増刷を数えているから、印刷の方が追いつかないほどの売れゆきであった。もちろん放哉がこの本についての評判を知らないはずはない。一種のブーム、時代の潮流の中で、放哉は浄土思想関係の本を読み、やがて南無阿弥陀仏の浄土教を志向したのだろう。

放哉は朝鮮で「俗人化」の会社勤めには先ず失格。そのうえ満州では肋膜炎を患って、社会からも脱落した。さらに悪条件は知人の少ない外地での出来事であったということ。そして突如として内地からもたらされた情報は九月一日、日本国内に大震災が起り、東京から北九州までの市街地は一挙に全滅したというもの。外地にあってはこの窮状、といって援助を求めようとした内地までが壊滅の状態では、どこにも居場所が無くなったという思い。さすがの放哉も落胆した。

日本へはおめおめ帰ってこれなかったはずだが、大正十二年十一月ころ大連から船に乗って長崎に引き上げている。途中、放哉は甲板から海へ身を投げて死のうとした。けれど実行には至らなかった。妻に心中を迫り、馨から烈しく拒否されたなどとも言われているが真相は定かでない。

長崎ではしばらく滞在して、ここで寺男として置いてくれそうな寺を捜している。幸い放哉を信奉する従弟の宮崎義雄がいて、相談にも乗ってもらったらしい。けれどキリスト教を撲滅するために威嚇的に建てられた寺が多く、放哉の方がここでは気乗りしなかったようだ。そこで選んだのが京都の一燈園、そのことについては後の書簡でこう書いている。

「ソコデ、万事ヲ抛《ほう》ツテ、小生ハ無一文トナリタレバ、一燈園ノざんげ生活ニ入リ、過去ノ罪ホロボシ、並ニ社会奉仕ノ労働ニ従事シテ借金セシ友人、其他知己ニ報恩スルタメ、自分ノ肉体ヲムチ打ツ事ニキメ、妻ハ別レ（郷里ニ帰ラヌト云フ故）独立ノ生計ニ入ル事ニキメタル也。『妻』某所ニテ目下健全自活セリト云フ。彼女モ亦、此『馬鹿正直者』ノ妻トナリタル為メ、不幸ナリシ哉ト思ヘバ今猶、涙手ヲ以テハラヱドモ尽キズ、兄、察シ給ヘ……。

我昔所造諸悪業　皆由無始貪瞋癡

従身口意之所生　一切我今皆懺悔」

さすがに妻を不幸の道連れにしたことへの悔恨の念は深い。といって放哉が捨てたのでもなく、また放哉が捨てられたのでもなかろう。ここで二人は別々の道を歩みはじめる。馨は放哉より遅れて東上し、大阪で職を捜し、やがて四貫島の東洋紡績に入社した。女子工員寮の寮母兼裁縫生花の教師となっている。

一燈園は『懺悔の生活』の著書で名声をはせた西田天香の営む、独特な宗教的団体であった。というより天香がはじめた托鉢の生活を多くの人が見習い、共鳴して集団化したものであろう。天香が新生涯に入るまでの苦悩と新生の不思議さは、その著『懺悔の生活』の「転機」の章で活写している。その眼目は、赤ちゃんが母乳を欲しがり、それに喜んで母乳を与えるのが母親という、自然の関係にこそあるという。

「泣いてくれればこそである。乳を飲むのは生存競争ではない、闘いではない、他をしのぐのではない。飲むことによって母も子も喜びあうのである。彼の生まれない前に乳はない。彼が生まれて後初めて乳汁が出る。彼はその乳汁のために少しも努力しない。母もそうだ。自然に恵まれて二人とも助かる。人類の食物も畢竟《ひっきょう》かくあるべきだ。不自然なことをするために受くべき恵みを失ったのである。この嬰児のように、私のためにもどこかで飯を準備し、私を待っていてくれるかも知れぬ。もちろん無理に生きようとするのでない。許されるならば、である。それなら、いかにして泣いたらいいか」

天香は自分ももう一度真に赤ちゃんと同じ状態になって泣いたら、きっと何かを与えられると考えた。その泣き方だが、それが天香の実践する下座行であり、奉仕の生活ということになる。

放哉も天香に共鳴して、一燈園の生活に入るのである。それは大正十二年十一月二十三日のこと。京都はそろそろ朝晩の冷えこみが厳しくなるころだ。それに一燈園のある洛東鹿ケ谷は、永観堂から七、八百メートルも谷あいに入る、山の中腹にある木造の一軒家。厳冬期でも雨戸はたてず、火鉢一つもない簡素さ。入園者はそこに寝泊りし、朝は五時に起きて掃除をすませ、光明祈願と称するお勤めをする。後は各自がその日の托鉢先に出かけ、そこで朝食をいただいて一日の仕事がはじまるのである。

托鉢といっても仕事の内容は雑多で、放哉が書簡で書いたままを記せば、草ムシリ、障子ハリ、大掃除、引ツ越シノ手伝、炭切リ、薪割リ、便所掃除、米屋ノ荷車引キ、広告配リ等々。これらの托鉢先へは当番が割り当てるままに何処へでも行かねばならない。仕事が終わると、托鉢先で夕食をよばれ風呂銭だけをもらって、てくてく歩いて山の中腹の一燈園まで帰るのである。そして、夜のお勤めに一時間ほどかけ、その後は疲れて眠るばかり。

皆働きに出てしまひ障子あけた儘の家　放哉
ホツリホツリ闇に浸りて帰り来る人人

一燈園でのお勤めは、おもに禅宗のお経を読んだという。といって何宗と特定するものはない。その特徴となる五つの祈願をあげるなら、

一、無所有の生活であること。
二、ざんげの生活であり、神とともにある生活であること。
三、あらゆる宗教の真理を通して神を礼拝すること。
四、報酬を望まないで愛の奉仕を捧げること。
五、地上に天国を建設しようとすること。

これは天香自身が考え出した独自のもの。そのシンボルとなっているのが光卍《まんじ》十字、キリスト教の十字架と仏教の卍《まんじ》が一円相の中に組み合されていて、その周囲に十二本の光線が放射状に描かれている。一燈園の礼壇には三つの壇があり、中央が「おひかり」で両側は神と仏が象徴されたもの。

放哉がこうした天香の宗教に全幅の信頼をよせ、帰依したかとなると多少の疑問がのこる。たとえば一燈園で一緒だった住田蓮車宛には、後に手紙でこう書くのだ。

「アナタのお言葉の通り慥《たしか》に、天香さんは、先覚者であり、開拓者であります。そして私の尊敬する点をウンと持つていらつしやる方であります。故に今後ます〳〵天香さんの御指導をお受けする考であります。それは決して人後に落ちないのでありります。只、天香さんはよく『自分は中学も出てゐない』といふやうなことを講演なぞで仰有りますが、それは偶然の事実であつて、『中学も卒業しない』といふことそれ自体は決してよい事ではあるまいと思ふのです。コンナ事申すと妙ですが、私の様に、少々学問した年月が長かつた者から見ると、ソヲいふ私の様な者の頭の中を、天香さんが理解して下さるのに少々物足りない処がある気が致しますのです」

放哉はこのさい学歴は関係なかろう、と言いたいのだろう。あるときなどは放哉を連れていき、天香は演壇に立ってしゃべるのだ。

「ここに尾崎さんという人がわたくしと一緒に来ている。このかたは東京の帝国大学出の法学士で……このごろ一燈園にはいられた……」

放哉は多くの聴衆を前にして、こんなふうに語る天香を俗物と見なしている。学歴なんてものは『俗人化』の『洗錬』に益があっても、一燈園の生活には無意味だと考えていた。また天香自身があちこちに出歩いて講演することに好感がもてない。天香のお伴をして舞鶴に行ったとき、放哉はこう問われた。

「尾崎さん、あなたは私がこのように地方で講演するのをどう思いますか」

「私としては非常に面白くないと思います。ヂッとして坐って居られるあなたを欲します」

放哉はこのとき天香に、面と向かってこう答えた。放哉にはもともと社会を教化しようという目的はないから、天香に同調できないのは当然の態度だろう。例の住田蓮車に出した手紙の一節には、近ごろ天香が出歩かないと噂を聞き、

「愈《いよいよ》、所謂本格の道に這入られた事を非常に嬉しく思ひます。ソレデこそ我が天香師であるといふやうな気持がします。崇高の感が出て来ます。只々、又ナンカ『本』

を出版されるために原稿を書いて居るやうな事は万々あるまいとは思ひ、且希望する次第であります。書くことは不必要であり、シヤベル事は蛇足ではありませんか、如何でせう」

これは厳しい天香への要望であり、その生き方まで制約するものだ。けれど天香の方は、放哉の真の心持ちに理解が及ばない。これは放哉が井泉水に語ったというエピソードの一つ。

一燈園にはこれに付随した宣光社という財団があり、天香からその会計を主管してくれと頼まれたことがあった。放哉が法学士であり、その方面の知識も経験もある点を信頼してのことであろう。ところが放哉はこの依頼を断わった。内心では、

「馬鹿にしてらぁ、ねえ、バランスがどうのこうのという事に浮身をやつしている位なら、わざわざ朝鮮から出て来やしないよ、僕だって算盤をはじいていれば月に二三百のサラリーは貰っていたんだからね、それがいやだからこそ一燈園へ来たという事は天香さんだって解りそうなものじゃないか……」

こうなればもう一燈園に長々居れないことは分っていた。それで放哉は孤独閑寂な世界を求め、どこか他の場所を捜しはじめる。ある日は鞍馬山に踏み入り、そこ

で修行中の俳僧尾崎迷堂と会見。後に迷堂はその夜のことを、「鞍馬寺の雪の降る夜、酒を暖め、能談縦横を極めた」と書いている。

迷堂は大正二年、二十二歳で出家得度。その剃髪後の第一作が『洪川春寒く宗演冴え返る』の句だったという。洪川は今北洪川、宗演とは釈宗演で、迷堂も放哉も宗演に師事したことで意気投合するものがあった。

この二人が出会ったのはいつであったか。酒を酌み交わしたことだけは明らかで、一燈園時代も人から勧められれば飲まなくはなかった。いや酒についての話題になると、放哉の評判はすこぶる悪い。酒気をおびて一燈園に帰ってくることがあるときは、たいてい迷惑をかけたらしい。寝ている園の同人たちをたたき起こして、過去の栄光をぐだぐだ話したり、新しく来た人に洗礼だ、と頭から水をぶっかけたこともあったという。

放哉は一燈園においても、だんだん孤立していった。けれど放哉にも矜持があって、他と妥協できない心意気を示そうとする。これも一燈園で親友だった住田蓮車宛にこう書くのだ。

「扨《さて》……天香師礼讃のお手紙正に拝見（悪口ではないですよ……と云ひ乍《なが》らナンダ

カ、オカシイ御免〳〵）……天香さんはオシヤベリぢやないでせうか、呵々。つまり善人なんですね。私は此の前も申上げた通り、天香師を尊敬する点に於て決して人後におちない者でありますが、こんなことをかいてゐると、アナタから送つていたゞいた『諸経要集』の中の、興禅大燈国師の遺誡を、くりひろげて見たくなるのであります……」

放哉はこれにつづけて、興禅大燈国師の遺誡について要点部分を抜き書きする。それは暗に天香の伝道を批判し、おのずとオシャベリが良くないことを傍証するものだ。これに引き続き放哉は書く。

「仏祖不伝の妙道を胸間に掛在する事が出来なければ……例の十返舎一九が死ぬ時、花火をふところに入れて、死後之れを火葬にした人々（シカモ自分が是非火葬にしてくれとシンミリと人々にたのんで）を驚ろかした、悲しい嬉しさ（敢てシヤレとか、茶番とか申すべきものでないと思ひます）に生きたいと思つて居ります。此の辺が本音です。（趣味と言へば天下何物か趣味ならざるものあるべき……ではないでせうか……一燈園そのものも……こんなこと、いつかあなたに申した様な気がする）……今日は何だか下らぬ事をかきました、御免下さい」

放哉がここに書いていることは、つまり呼吸の面白さだ。それが解せない人はどうにも付き合えない、というのが彼の本音で、やがて放哉は一燈園を出て、天香からも遠ざかる。けれど赤ん坊と同じ状態で泣いたら、きっと何かを与えられよう、と説く天香の発心には変わらず共鳴。放哉は蓮車宛の手紙の中で、「層雲」同人の河本緑石の詩を長々と引用して、自らも赤ん坊になり切りたいと書く。

「世の中のうそに汚れた私の心に
赤ん坊が喰ひ込んで来る
あの弱々しい視線をもつて
私を見つめてゐるではないか
私の心は底から傷み出し
たへがたくをのゝく
私は赤ん坊をしつかり抱かう
あの静な視線に直面して

何も見てゐない赤ん坊の目

しかし赤ん坊自身を見てゐる目
しかし、万象を見つめてゐる目
なにも見てゐない赤ん坊の目が
不思議にぱつちりと開いて
青空のやうに澄み切つて
永劫の自己を求めてゐる
生れたばかりの赤ん坊の目が

赤ん坊の面相の中に
人間が却に忘れて来たものがある
あの無心の赤ん坊の顔に
空と樹木と地と天体との
不可思議な行相があらはれるではないか
俺は赤ん坊を抱かう
俺の此の曲み歪んだ顔で

あの静な視線に直面して

お互ひに人間ばなれがしてゐる方なんだから、赤ん坊にならうぢやありませんか。全く赤ん坊になり切りたい。以上はアル文句を私が感心したから、コンナ風に書き並べて見ました。

赤ん坊になりませう、雪が降るさうな、お大切に」

＝再　会＝

井泉水と放哉は旧知の仲で、「層雲」という結社においては師弟関係にあった。歳は井泉水の方が一つ上、都会育ちの早熟で、放哉よりすべてに先んじる存在であったと思う。そんな井泉水も家庭的には苦労していた。親ひとり子ひとりで育った家庭で、やがて嫁姑の確執に巻きこまれ、三十代の精力と根気とはすべてそのためにすりつぶされてしまった、と述懐する。

大正十二年（一九二三）は井泉水が満で三十九歳。この年の九月に関東一円を襲った大震災を回想して、彼は禅でいう一大痛棒を受けたと表現する。その前後における家庭の困窮には目をおおうものがあった。母は脳溢血で倒れ、妻の異常出産で産児死亡。また震災後には妻が死に、その三か月後には母も亡くした。

井泉水はこの時期、本気になって出家得度しようと思いつめていた。寺に入るなら京都だ、とやにわにやってきた。このとき先蹤《せんしょう》として放哉の存在があったわけだ。井泉水はこう書いている。

「放哉が京都の一燈園に飛び込んだのは大正十二年十一月二十三日である。わたしが京都の東福寺塔頭なる天得院に身を寄せたのは大正十三年四月であるから、放哉はわたしより半年ほど以前に京都にきていたのである。わたしは、それを知って、ある日、一燈園へ彼をたずねて行った。彼は、托鉢に出かけて留守だったが、天香さんは在園していたので、一時間ほど談《はな》して、放哉のことをよろしくお願いしますと言ってかえった」

井泉水の一燈園訪問とは行き違いに、放哉は京都市内に住み込んでいた。井泉水が立ち寄ってくれたのを知り、大急ぎで自分の居所を知らせる手紙を書いたのだろう。それは例によって長文のもの。その冒頭部分を引用で示しておこう。

「拝復、御手紙うれしく拝見致しました。御思召しの処拝誦、当分京都御住ひとい ふ事になれば、なんとなく、にぎやかな心地が致します。小生の居る常称院は智恩院本堂のすぐ近所で門前に赤いポストの立つてるオ寺であります。勿論浄土のオ寺で、住職一人、息子が銀行に出てゐる。妻君は昨年死去といふごく淋しいオ寺であります。一燈園からたのまれて二三度掃除の托鉢に行つたのが機縁となり、和尚サンが無人故、オ寺に来ないかと云ふので、遂に来る事になりました。一燈園同人でありますが、マヅ当分は、此のオ寺に居る考。飯焚キから、マキ割リから掃除から一人でやつて居ります。中々いそがしいです。其内、和尚サンの御弟子にしてもらつて、ドツカ、田舎の小サイオ寺の留守番に世話してもらつて一生を終るか又は、ドツカの墓守にでもたのんでもらつて、死を待たうと思ひます」

常称院は浄土宗総本山である智恩院の塔頭の一つ。東山区円山公園の北にあり、法然が比叡山を下り吉水に草庵を建てて念仏道場としたのがはじめ。現在だと市バスを智恩院前で降り、白川を渡って古門を抜け、黒門に向かう途中の右側にあるこぢんまりとした寺だ。住職は日露戦争に出た人で、酒も呑めば肴も食うという。これは自分にとってはもって来いの気安い人物と、ここでの托鉢を喜んでいた。

井泉水が常称院に訪ねたとき、放哉は黒い筒袖を着て濡れ手を手拭でふきながら出てきた。木食上人作の大黒天のように、和やかな顔立ちである。和尚には友人が来たとき暇をもらいたい、と前もって申し出ていたようだ。外出許可はすぐにおりて、二人は夕方の四条通りへと出た。

久方ぶりの出会いである。井泉水はゆっくり話のできるところをと、四条小橋の西寄り北側にある牛肉屋の二階にあがった。鍋と一しょにお銚子が来る。このあたりの情景描写になると、井泉水の回想文が生気をおびてゆく。その著『放哉という男』を、私は参考にして書いている。

「ボクは酒をのまないことにしている」

「禁酒か。一燈園の戒律かい。なるほど酒とザンゲ奉仕の生活とは両立出来ないには違いないが、まあ久しぶりだ。今夜はよかろう」

放哉ははじめ、「いや、酒はやめたから……」としきりに固辞していた。かつては「きみ」「ぼく」の間柄だったが、そのときは気の毒なほど神妙な態度だったという。といって井泉水ひとりで飲んだのでは席のかたちがつかない。

「まア、一つだけでも干したまえ」

最初は井泉水が無理強いして飲ませはじめた酒だったが、一杯飲めばもう勧めなくても遠慮はなくなる。井泉水はその状況を次のように書く。

「彼の前の小さな盃の一杯は、飲むというよりも、まるで手品のようにふっとカラになっていた。わたしがもう一つついでやると、それが『抜く手も見せず』ということばもあるが、『手にとる手も見せず』というように、たちまちカラになってい

現在の常称院
（京都市東山区）

た。盃がからなれば、しぜんに満たされる。満たされるのとカラになるのと時間の差がだんだん急ピッチに短縮されてきた。わたしのほうが、そのピッチに合いかねたので、ついつい主として彼に飲ませるというかたちになった」

こうなればその先は分っていたはず。もちろん井泉水も放哉の酒癖の悪さは知っていた。けれど、あれほど悪いと思わず、認識不足のところがあったようだ。

酒に酔った二人は夜も更けるころ四条小橋のスキヤキ屋を出て、大橋のたもとで別れた。翌日は、放哉が井泉水の宿舎を訪ねる約束をしていたという。それまではよかったが、それから後がいけない。ことに常称院に近い古門前の、住職と関係のある女性に会ったのがいけなかった。そこでまた一ぱいよばれて、寺へは大きな気持になって戻ってきたのだ。

放哉は買ってもらった土産の折箱を、住職の鼻先につきつけて怒鳴った。

「コラ和尚、土産だぞ」

住職はびっくりした。そして、たちまち怒りは心頭に発するのだ。一緒に連れ立って来たのが、住職の女だったのが事態を最悪なものにしたのである。

「あほなこと言はんといておくれやす、そげな事おますかいな。尾崎はんとは、そこでぴったり会うたばっかしやおへんかいな」

女は弁明した。けれど住職は聞く耳をもたず、ついには強権発動だ。

「出て行ってもらいましょう」

このときは住職と寺男との関係でなく、酔った勢いで男の意地を見せた。こんなところこちらから出て行くわい、と放哉は女と一緒に街へ出たのだ。それから数日後に、井泉水は放哉からの葉書を受け取っている。場所は祇園の花見小路にある三流の待合からだ。こうなってしまったのには、井泉水にも責任の一端があった。行って見ると、放哉は青菜に塩をかけたようにぐったりしている。

「いまさら一燈園へ帰りたくない、やっぱり常称院に置いてもらいたい。だが和尚はよっぽど腹にすえかねているらしい。ワビが叶うかどうか分からない」

放哉は「これからどうする」と聞かれ、やっとこう言ったという。それなら謝罪してみるしかないと、井泉水は放哉を連れて常称院の近くまでやって来た。何かい い智恵でもあれば、と古門前の女の家にも立ち寄ってみる。あれこれ解決策を相談したが、井泉水が平謝りに謝ってみる、というのが結びの談。

女は住職の性格をよく知っていて、自分が言い出したことは人が何と言っても聴かない性質だから、この解決はむずかしいと言う。結果は女の言うとおりで、放哉はやむなく出戻りたくない鹿ケ谷の一燈園へと、重い足をひきずり帰らざるを得なかった。

つくづく淋しい我が影よ動かして見る
静かなるかげを動かし客に茶をつぐ
落葉へらへら顔をゆがめて笑ふ事

なんとも無気味な放哉の俳句だ。自分を実体のない影と見て、心はそこにないという感じ。人形と人形使いのような関係か。一体の人間として、この乖離《かいり》が正常なものでないことは明らかだろう。ついには危機的状況に陥れば、これから免れるために衝動的な酒を飲む。もっとも常称院の件では、先ず井泉水が酒を勧めたという負い目があった。けれど結果が普通でなかったことを、井泉水は次のように指摘する。

「一体、かれ放哉と酒ということに就《つい》ては、少なからぬ因縁がある。これから後に語ろうとする放哉の性行は、酒に終始している。酒を離れて放哉はないと言ってもいい。だが、酒を飲むと、彼の性格はすっかり変わってしまう。酒に依って、ジキルとハイドと二つの人格が転換をする。酒の上の放哉とシラフの放哉とは同一の人間だとは思われないほどである。そこに彼の人間的な矛盾と苦悩とがうまれる。酒が醒めると、酒のうえの自分をはげしく後悔する。ザンゲする。と言って、また、あるときがくると酒を飲まないではいられない。こういうのが彼の晩年生活における『ザンゲの生活』だったのである。こうした彼と酒との関係はそれから後日になってよくよく知ったことであって、そのときわたしはただ彼の『酒ぐせ』が悪いということだけを知っていたに過ぎなかった」

井泉水は身近にいた人だけに、さすがに慧眼《けいがん》を働かせている。放哉の酒の上での不始末は、単に酒癖の悪さなどというものでなく、それは一種の病的なものであった。おそらくこれを一番よく知っていたのは、妻の馨でなかったか。といって声高に、これを言いふらしてみても解決のつく問題ではなかった。だから彼が一燈園の托鉢生活に入ると言いだしたとき、これを止めなかったのだろう。

病人が療養のために病院へ行こうとするとき、誰も止めたりするものか。一燈園はいわゆる病院のようなもので、あるいはそこでの懺悔の生活が放哉を再生させてくれるかもしれない。妻の馨はそうした一るの望みをかけ、みずからは行方をくらませていたのである。

一燈園が放哉にとって、いわゆる病院の役割を果したなら、馨の計らいは高く評価されたに違いない。だが、放哉が一燈園の天香を批判しはじめることで、すべては水泡に帰したというべきだろう。放哉もまた俗人化して、妻の行方を捜しはじめる。もちろん一方では、一燈園を早く出て、どこかに孤独閑寂な生活を営める場所を求めようとした。

月夜戻り来て長い手紙を書き出す　放哉

この手紙は誰宛のものだろうか。自分の落ち着き処を依頼するためか、いや妻の居所を捜すため。おそらくそのどちらの手紙でもあって、やがて兵庫の須磨寺に世話してもよいという人が現われ、同じころ妻の居所も分るのだ。後者について放哉の手紙は、大正十三年四月十七日（推定）付で小倉康政・まさ子宛に次のように書いている。

「啓、何トモ形容出来ナイ愉快デ、一向感謝申シマス。御礼ノ申シ様無シ。私ハ実ハ最近、少々ヤケニナッテ居タト云フノハ、唯一人ノ同情者タルカオルの行方不明、昨年末来、ハガキ一本見ナイノデ、カオルガ外ニ嫁ニデモ行ッタナラ、私ハ世ノ中ニ只、一人ボッチニナルワケ、淋シサニタヱナイカラ、実ハ、ウント方々ヲ呑ミ廻ッテ、死ンデシマウ考ダッタノデス。アブナイ処デシタ。今后ハドウカ、アンタノ処ヲナカツギニシテ、手紙ノ交換丈ハサシテ下サイ。カオルノ存在ガ不明ダトイロンナ苦労ヲ体験シテモ、全ク、無意味ダカラ、死ニタクナッテシマウノデス。ドヲカ今后、カオルノ決心ヲキイテ、私モ安心シ、酒モ、タバコモ全廃シテ只体ヲ苦シメテ、二三年先キヲマチマス。ドウカ御察シ下サイ。

全ク、アブナイ処デシタ。ドヲカ御両人ニ、御タノミ申シマス。私ノ居所キマレバ直ニ御通知シマス。政子サンノ御親切ニクレ〲モヨロシク御願申シマス。

於京都駅頭　秀雄

強イ様ナ事ヲ申シテ居テモ、実ハ私ハ弱イノデスヨ。

匆々

御両人様

別紙ヲカオルニ渡シテ下サイ。」

この手紙には意味深長な個所がいくつかある。小倉康政は死んだ馨の妹と結婚していた人で、政子というのは後妻であった。当時は大阪の天下茶屋に住み、三菱銀行中之島支店に勤務。この夫婦は放哉が一燈園の筒袖姿で訪ねていっても、変わらぬ温かさで迎えている。いわば気がおけない人々で、つい本音をもらしたのだろう。そこで最も注目すべき個所は、「唯一人ノ同情者タルカオル」の表現で、馨が放哉の何に同情したかということだろう。また「実ハ私ハ弱イ」ということを具体的に説明すればどういうことになるのか。それらの秘密を解く文は、馨に書いた別紙にあるはず。それを、一言でいうならば、衝動性アルコール中毒症から脱却できない病状を嘆く内容であったろう。

ところで放哉の落ち着き処の方はどうなったか。放哉が一燈園で兄事していた住田蓮車が須磨寺の方に紹介してもいいというのだ。蓮車は別号無相ともいうが、当時は結核に感染したばかりの体を、ひとり京都東山の山中で養生していた。放哉はその小屋まで、蓮車を訪ねていっている。そのあたりの事情については、これも蓮車宛の手紙を示すのが一番だろう。

「先夜は色々御話を伺ひまして深く感謝致します。此の頃私の考へて居る通りの事を遺憾なくあなたからお話し下さいまして、大いに嬉しいと同時に心強く感じた次第であります。将来共万事御指導を仰ぎたいと思ひます。

是非共よろしくお願ひ申上げます。猶その節お願ひ申しました須磨寺の御知己の坊さんに御紹介状をいたゞく件、両三日中にでも行つて見たいと思ひますので、簡単に御名刺にでもお認め置願ひます。実は此の頃大変身体が疲労を覚えます。非常に弱つた様に思はれますので、又、私は海が好きで、海を見て居れば何もかも忘れる気性なのですから、此の際暫らくなりとも海近いお寺で、庭掃除とか、お花か線香を売るとか位な処で仕事させていたゞいたら、元気も快復するかと思ふのであります。右の様な考へであります。どうかお願ひ申します」

蓮車は一燈園に入る前に、須磨寺にいたことがあった。それで知己がいたのだが、一燈園では勝手に托鉢先を選んではいけない規則。このとき二人は禁を破り、放哉は蓮車の書いてくれた紹介状をもって須磨寺に赴いた。そして、そこの大師堂に入ることになるのである。

須磨寺

放哉が常称寺を追い出された一件では、井泉水も困惑した。その後、放哉がどうしているか気掛りでもあったろう。そんな折に須磨寺で大師堂の堂守をしているという、放哉からの葉書を受けとっている。

「私は……一日物も言はずに暮らす日があります、知人は一人も無きことゆゑ無言でゐる事が大へん気持がよろしいのです……」

こんな文面を読んで井泉水も一安心。それを喜び、「物を云はずに居る、之はきっと好い気持に相違あるまい、無意味に話したり、話しかけられたりする時ほど、こころに空虚を感ずることはない」と、その感想を述べている。そして、放哉が物いわずに過ごせる大師堂の心境を次のように句にしたときは、もろ手をあげて賛美した。

一日物云はず蝶の影さす
沈黙の池に亀一つ浮上する

これは井泉水が声高に提唱し、たどり着こうとしていた世界であった。それを放哉は須磨寺において逸早く把持したわけである。師にとっては驚異のことで、井泉水は早速『改造』（大正十三年八月号）に、その存在を匿名のO生として喧伝した。また井泉水が主宰する「層雲」では、放哉の名が大きく取り扱われるようになるから、だんだん知られるようになっている。といって彼の生活は変わらない。小倉夫妻宛の手紙で、放哉は須磨寺での一日を次のように書いている。

「啓、今日ハ梅雨ノ入リデスネ。コチラモ曇ツテ居マス。此ノ頃大師堂（弘法大師）ノ番人ヲシテ居ルンデスガネ、朝五時前カラオキテ、一日中座ツテ番ヲシテ居ルノハ中々骨デスゼ。尻ガクサツテシマイソヲ。（中略）大師堂ニ座ツテ居テ『ローソク』ヲ二銭ニ売リ、オミクヂヲ二銭デヒカセルデスガネ、（先方ノ希望ニヨル、ダカラ、コツチハ只ダマツテ座ツテ居ル切リ也。眼ヲパチクリサセテ座ツテ居ルキリ、マルデ座ぜん豆ノかんばんノ如シ）（オミクヂ）ノ方ハ、サツト引イテカヱルカラヨイガ

現在の須磨寺
（神戸市須磨区須磨寺町）

『オローソク』ノ方ガ面白イ。『「ローソク」ヲアゲテ下サイ』テンデ、二銭出サレルト、ソレニ灯ヲトモシテ（ローソク立）ニ立テ、扨、大キナ……ナント云ヒマスカネ……ヨクオ寺ニアル円イオ鐘ガアルデセフ、丸イ棒デ、（ガーン）ト叩ク奴……ソコデ、先方ガ（申歳ノ女）トカ（戊年ノ男）トカ云ヒマスカラ……『オ蠟一ツチヨウ──、申歳ノ女──先祖代々家内安全──』ト、クシヤ〳〵ト、（丁度銀座デ、女ガ＝花召シマセ〳〵＝ト売ツテル様ニ）……？　ドナツテ（……可笑シイガ）鐘ヲ（ガーン）トクラワスト云フワケ也。

誠ニアキレ返ツタ有様也。恋シタ女ニ見セラレタ姿ニ非ズト云フ可キカ、呵々……コンナ事ハオツ母サンヤ、又カオルニハ絶対内密ニシテ下サイ。愈〻発狂アツカイニサレマスカラ、オ両人ダケデ、ナイシヨニネ、タノミマス、呵々……兎ニ角天下ハ頗《すこぶ》ル太平也。只オ金ガナイノガ玉ニキヅ也」

雨の日は御灯ともし一人居る

雨の傘たてかけておみくじをひく

たつた一人になりきつて夕空

雨に降りつめられて暮るる外なし御堂
銅銭ばかりかぞへて夕べ事足りて居る

堂守としての日常は、とても恋した女に見せられた姿でない、と放哉はいう。洒脱でユーモアも失ってはいない。雨の日とか夕方には参拝者は少なくなる。そのときが句作の時間だから、どうしても一人などと表現する句が多い。だけど須磨寺は境内も広く、「須磨のお大師さん」と関西では名が知られているから参拝者は多い。また真言宗須磨派の大本山だから僧も一人や二人ではない。また使用人など大勢の人が住まっている。それも放哉の手紙によれば、内情はこんな具合。

「台所には六十代の婆さんが五人もゐるでせう、下男は亦六十以上の老人が五人計り居ります。其の外には小僧さんが五人（十五歳が頭です）和尚さん達は別問題です。処で此の小僧さん連中は朝から晩まで喧嘩ばかりしてゐます。拳骨でなぐります、泣きます、正に弱肉強食であります。面白いですよ。お婆さんとお爺さん連中と来ると、之れは又正に個人主義の権化でありましてね、各自があくまで自己を主張します。決して妥協しません。そして常に悪口と争闘とを常習犯として居ります」

ここにも一つの社会があって、なかなか複雑だ。けれど放哉にはただ一人で居れる場所があって、庫裡へは食事のとき降りて行くだけでよかった。彼らの争いはただ黙って面白がって見ていればよく、都合が悪くなれば御堂に戻り一人で座っておればよい。その意味では適度に刺激もあって気にいった落ち着き処であった。

高浪打ちかへす砂浜に一人を投げ出す　　放哉
月の出おそくなり松の木楠の木
潮満ちきつてなくはひぐらし
何か求むる心海へ放つ
波音正しく明けて居るなり
こんなよい月を一人で見て寝る
月の出の船は皆砂浜にある

須磨寺は鬱蒼と樹木の茂る上野山を後ろに背負うが、海岸まで散歩するにも程よい距離だ。放哉が海をこよなく好んだのはよく知られている。それも暮れてゆく海。

そして須磨が月の名所だということは、ここに説明するまでもあるまい。放哉が堂守をしていた大師堂の前には現在、井泉水筆による「こんなよい月をひとりで見て寝る」の句碑が建っている。

　句碑は大師堂への石段の手前右側に建つが、かつて放哉は左側に立って写真を撮ったことがある。会社勤め以後はこの一葉だけで、今となっては貴重なものだ。頭は剃らなくても髪は薄くなっていたというが、瘦せてはいない。そのころ住田蓮車に「アナタから貰つたスヱーターを着てゐるから寒くはありませんが、黒いヒツパリが少々イケナクなつたのです。私は五尺三寸背があります。袖口の少し広い、ゆつたりした方がすき。一枚丈夫さうなのを作らせて、送らせて下さいませんか」と頼んでいる。写真で着ているヒッパリは少々イケナクなったもの。またこの写真には少々因縁があり、後に俳句の弟子となる飯尾星城子に長々説明しているのがおもしろい。

「写真を撮つた動機……書きませう。アノ写真の背景は、○播州須磨寺、大師堂の前、私が一燈園を見捨てて（一燈園は吾人の居る処ぢやない……マア二十歳か二十五六歳位の若い人の修業場也……ソンナ深いもんぢや無い（コレニツイテハ又面白い事色々あり折々書きませう）須磨寺の大師堂に這入つてしまつた……処が私が『一燈園』に居たとき、東京の青山学院（英語専門で卒業すると宣教師になる学校）の生徒で若い青年が迷つて『一燈園』に来た、此の男が妙に私を恋しがるソレデ常に其の『安価なる平等思想』『アヤマレル危険思想』を痛罵して……『折角学校ダケは卒業して来いソレカラ議論があるならイツデモやつて来い』と常に〳〵此の青年（惜しい中々出来る男でしたよ）を叱りとばして居つた処が私が『一燈園』を見捨てて――須磨寺に這入つてしまつて半年位もしてから……此の青年フラ〳〵と一日、写真機をブラ提げてヤつて来た……曰く『私し東京の学校に帰ることにきめました……いろ〳〵有難う御座いました、それで是非記念にアンタの写真を一枚撮らしてもらひ度く京都から出て来ました』と云ふのです……私も大いに嬉しかつた、『ソヲカ帰校の決心がついたか……卒業して大いにやり給へ……ヨロシイ』直に撮つてくれたのが……即ちアノ写真、呵々」

なかなか愉快なエピソードだ。放哉書簡に頻出する呵々はシニカルな笑いだろうか。もちろん本人も格好いいとは思っていない。といってこのスタイルが物議をかもすというのは心外なこと。

須磨寺大師堂の前で
放哉三十九歳（大正十三年）

当時、東洋生命の京都支店には、放哉の昔の部下だった佐藤呉天子が勤めていた。そののち呉天子も「層雲」に所属して俳句を作っていたから、須磨寺の放哉に手紙を出したらしい。ここに交友が復活し、放哉は呉天子宛に東洋生命時代と現在を述懐する長文の書簡を送っている。それはこれまでにも引用で示してきたが、末尾の部分で「小生京都ニ行ク時ハ必ズ御宅ヲタヅネマス」と記していた。呉天子もこれに応じて是非とも立ち寄ってくださいと返事していたのだろう。

呉天子は自分を理解してくれている数少ない知己である、と放哉は信じていた。前もって電報を打ち、放哉は訪問したのだ。生憎にも呉天子は彦根に出張しており、家人にはその事情がのみこめない。というのも垢ずれのした黒い毛繻子みたいなヒッパリを着て、すり減ったこま下駄をひきずっている。知らない人にはどう見ても乞食坊主だ。それが突然、「主人はいるか。……なに留守とはけしからん、電報を打っておいたのに」と威張りだすのだ。

放哉は少々酒を飲んでおり、千鳥足で呉天子の家を捜したが、なかなか見つからない。そのうち近所の子供たちが珍しがって、彼の後ろにぞろぞろついて回る。訪ね当てたときはご機嫌ななめ。呉天子の妻は怪しんで会社に問い合わせの電話をかけるし、子供たちからは馬鹿にされてはやされる。放哉はいよいよ腹を立て、悪態の子供をなぐったという。

こうなれば交番に駆けこむ子供もいて、放哉はあっけなく警察へと連行された。それからがまたひどい。京都支店の若い社員は放哉のことを知らないから、わざわざ警察に出向いてこういった。

「よく保険会社には社員くずれというのがあってゴロツキみたいなのがいる。佐藤の主人とどんな関係があると言っているか知らないが、とにかくこんな人間は関係がないのですから、しかるべく御処分を願います」

呉天子は出張から帰り、事情を聞いて驚き急ぎ警察に出かけた。このとき放哉は平然とした態度でにやにや笑い、若い社員のことを「ひでえことを言うぜ」と笑っていたという。

それにしても情けない話である。といってこうなることを選んだのは放哉であった。それに対して身内の者は、どういう態度をとればよかったのか。姉並は放哉の惨めだった生涯を回想して、後にこのように書いている。

「彼が最後に私の宅に寄こした手紙に、この手紙は金の無心ではないから、最後まで読んでくれといつてゐたのも、彼の憐《いと》しい心持が察しられます（中略）これは、私が今でも思ひ出して泣かされるのでございますが、彼は前申しましたやうに生れつき寡黙で、あれだけ自分の思つてゐることは手紙に書いてゐながら、さて会つて話さうと思うと、自分の思つてゐることの十分の一も話さないでしまふのでした。私の方でも、もつと話したいと思つてゐても、彼が余り話さないものですから、いつも物足りない、言ひ残したといふ心持ちで帰つてくるのが常でございました。

先年、彼が大阪（須磨寺か・筆者注）にゐた時、私は夫と二人で彼に会ひに行つたことがございました。その時、彼は私等二人を梅田駅まで見送つてくれました。汽車が発車して、いよ〳〵別れるといふ時にも、彼は何もいはないで、帰つて行く私等二人を黙つて見送つてゐました。然し、彼が眼に涙を一杯ためてゐるのがよく判りました。その時の彼の淋しい姿が、今でも眼前に浮びます。それが彼と生別した最後でございました」

妻の馨はどうだったか。放哉については終始沈黙を守りとおし、わずかに「一燈園に入るというとき、無理にでも止めた方がよかったかもしれない」と人に語ったという伝聞がのこるだけだ。それでも放哉が人に迷惑をかけることだけは、別れた後も気に病んでいたらしい。それは放哉が小倉夫妻に出した次の手紙で分るのである。

「啓、今日ハ妙ナ手紙ヲ書キマス、御許シ下サイ。

今迄色々ト御親切ニシテイタヾイテ御礼ノ申シ様モアリマセン。今日ハ改メテ御願ガアリマス。ソレハカオルカラ手紙ガ来マシテ、私ガアナタ方ニ対シ色々御ネダリスル為メ、「総《スブル》」（馨の実弟・筆者注）モ、アンタ方ニ対シテ、大ニ遠慮シテ居ルソヲダシ、板根ノ母モ非常ニ困ツテ居ルトノ事、ソノ為、カオルモ、神経衰弱ニナッテ夜モ寝ラレヌラシイ。大ニ驚キマシタネ。ソンナニ、私ハアナタ方カラオ金ヲ、イタダイタデセフカ。グズ〳〵云ツテル事ハ私ハキライダカラ、サッサト片付ケマス。私ハ『人間』同志ノツキ合、（アヘテ親類トハ申シマセン）トシテ決シテ恥ズ可キ行為ヲヤツテルトハ思ヒマセンガ、私ノ現在ノ唯一ノ存在トシテ、カヲルノ心理状態ハ、尊敬シナケレバナリマセンノデス。

カオルヲ泣カセル事ハ、身ヲ切ラレルヨリモ、ツライノデス」

そして放哉は結論として、小倉夫妻に「今後、アナタ方ニ対シテ、之レヲ最後トシテ、手紙ヲ書ク事ヲヤメニシマス」と手紙している。いかにも情けない話であった。

にくい顔思ひ出し石ころをける　　放哉
底がぬけた柄杓《ひしやく》で水を呑まうとした
雪空一羽の烏となりて暮れる

放哉の句作の方はどうだったか。「層雲」の大正十三年（一九二四）十一月号で、井泉水は「放哉君の近作は注意すべきものがある。恬淡無為、その中からにじみ出て来る淋しい、而してじつとりした感じ」とほめた。新年号のための原稿募集では「尾崎放哉氏の句についての批評感銘」と題して書くように、と十一月号で広告。「層雲」の結社内では、いよいよ評判は上昇中であった。

須磨寺での放哉は何より望んでいた孤独閑寂、無言で過ごせる生活で、俳句も多く作っている。その心境はといえば、井泉水宛の書簡で「此の頃益ゝ孤独と云ふ方に行くばかりなので、世の中の、何もかも、私とは没交渉となつて行く様に思はれるのです。（ソレハ、或は、自分で、さうして行く嫌ひがあるかも知れませんが）そして、益〻淋しくなる、愈〻一人になつて行く」と書く。こうした生活を徹底すればどうなるか。写生を俳句の大道とする大方の俳句とは逆行するわけだが、放哉は唯一のわが行く道として歩みはじめるのだ。

しかし放哉も生きている以上は、どこかで人間社会とつながっている。比較的平穏であった須磨寺での生活も、内紛によって安逸をむさぼってはおれなくなった。大正十四年三月二十三日、放哉が井泉水宛に書いた手紙の居所は須磨寺ではなく、神戸市兵庫長沢町、後藤方よりのものだった。その経緯については、放哉がその手紙の中で書いている。

「今日ハ相済マヌ事中上ゲマスガ御許シ下サイマセ。私ハ厄年ノセイカ、未ダ『業』ガ尽キヌノカ、スマ寺デ大分落付キカケテ居タ処、約三ケ月前カラ、ポツ〳〵エライ問題ガオキテ来マシタ。簡単ニ申セバ、只今ノ『インゲン様』ト云フ本尊ヲ、隠居サセテ、他ニ、三人ノ、住職ガ居リマスガ、之ガ会計カラ、何カラ全部、自分ノ権利中ニオサメルト云フ事ナノデス。目下スマ寺内ニ、使用人ト云ツタ様ナモノ二十人程アルノデスガ、之等ノ連中ガ、双方ニ分レテ、イロ〳〵暗闘ガオキタノデス、御察シ下サイ。問題ハ益〻紛々然トシテ、檀家総代十何人ト云フモノ、辞職スルト云フサワギ、一人超然トシテ居タノデスガ、『インゲンサン』側ノ役僧ト云フ人ト、少シ仲ヨクシテ居タタメ、ドウヤラ、『インゲンサン』側ト見ラレテ居ルラシイ――ウルサイ世ノ中デスネ。

扨、問題ハ益〻、紛糾シテ、ドウトモ出来ナクナリ、茲ニ或ル有力者ガアラハレテ、目下、鋭意、解決中ナノデス。近イ内ニハキマルラシイ。只、私ハ、当分其ノ有力者ノ親類ノ表記ノ宅ニ御厄介ニナッテヰマス。問題片付ケバ、帰寺シテ、大師堂カ或ハ奥ノ院ノ番人トナル筈ダサウデス」

放哉は大師堂を出ると、たちまち風呂銭もない始末。表記の住所に長居できなく、といって須磨寺にも戻れない。不平をかこちながらも、古巣の一燈園に舞い戻っている。

小浜・京都

放哉は自分の将来の結果を予想して、その予想に、自分で自分の運命を運んでいくところがあった。それも予想するのが、ワルイ、凶の方向だから現世的には明るくなりようがない。見え過ぎるのも、時には困ったものである。

須磨寺の内紛も何となく、放哉の思いこみの方が過ぎていたように思う。ために自縄自縛に陥ることだってあった。彼はしばらく檀家にあずけられ、体《てい》よく追い出されたのが真相ではなかったか。そのころの井泉水宛の書簡では、

「ウルサイ事デスネ、ドウシテ、カウ、私ハ行ク処落チ付ケナイ事件ガ生ジテ来ルノデセウカ? ナサケナクナリマス。(中略)私ハ矢張リ、オ寺カラオ寺ト落チ付キ処ヲ求メテ、漂浪シテ歩ク事デセウ、矢張リ寺ガヨイト思ヒマス」

もっとも「落チ付ケナイ事件」は自らの仕出かした失敗の付け的な面もあるが、本人にはそのあたりの自覚は少ない。京都の常称院を追われたのは、これも放哉の

酒癖からであった。つまり自業自得で誰に文句のつけようはなかったが、常称院の住職の方は後で良心の呵責を感じ、思いなおすところもあったようだ。仲介役の井泉水を通じて、放哉の落ち付き処を世話してもよいと言ってきた。もうこのとき放哉は福井県小浜に行き、常高寺の寺男として住みこんでいた。だからというのでもあるまいが、井泉水宛の返信にはかなりの偏屈ぶりを示している。

「常称院に行つたのですか、全く、『衣』を一燈園に送つて来ましたよ。アノ坊サンもよい人だが、……此の頃、私は『坊主』といふものが、ミンナきらひになつて来た。『オ寺』はスキだけれ共、『坊主』ハキライだ。私に『衣』をくれて、未亡人から、（或ハ妾か）オ金を巻きあげた罪ホロボシにするのは少々虫がよすぎはすまいか、呵々……（中略）オ酒の事も、蜀山人（を決して気取るワケぢやないですよ）『ワガ禁酒も破れ衣となりにけり、ソレ、ついでくれ、ヤレ、さしてくれ』となるかも知れない。之ハ笑談だけれ共、かう云ふ、『資本主義』といふものに、『ヒビ』が入りかけた妙な時代には私の様なツマラヌ人間が生れて、ソシテ、ツマラナク、フイと死んでしまふ事も、有り得る事かも知れない……」

坊主は嫌いだけれど、寺は好きだというのがおもしろい。寺を支配するのは坊主だが、彼を嫌ってそこに住もうというのだから、もとより居心地がよかろうはずがない。これも妙な時代のせいだろうか。

放哉が東洋生命で契約課長のころ、世の中はいわゆる大正デモクラシー時代。第一次世界大戦後における資本主義的企業の拡大期であり、また一方では有島武郎が北海道の農場四百町歩を小作人へ全部無償提供するなど、旧体制の崩壊期であった。東京などの都会に人口集中がはじまり、新しい市民文化も活況を呈しはじめていたといえよう。けれど関東大震災によって挫折すると、デモクラシー思想や行動は政府権力によって取り締られ、健全な発展を阻害される。そうした社会の動向を称して、放哉は「資本主義」というものに「ヒビ」が入りかけた妙な時代といったのだろう。たしかにこの予想は当っている。それにしても、悪い方向に将来の結果を予想する彼の性癖がここにも現われ、それで自らの生き方まで狭めているのは偏屈からだろうか。

偏屈といえば、小浜での常高寺住職もかなりの変わり者であった。坊主は嫌いといいながら、放哉はかなりその人柄にひかれている。というのもすべてに極端だったらしく、極端と極端の意地の突っ張りあいのようなところが、二人の間に一つの緊張を保っていた。

背を汽車通る草ひく顔をあげず　放哉
今日来たばかりで草ひいて居る道をとはれる

放哉は常高寺に来る早々、草ひきを命じられたのだろう。ここへは大正十四年(一九二五)五月十五日ころの到着だが、まず驚くのは寺の山門ぎりぎりに鉄道の線路が敷かれていること。荒れ寺の広い境内は草ぼうぼうで、線路ぎりぎりまでが境内であった。

住職は大正十年、この小浜線の鉄道が敷設されるとき、境内の敷地を高く売りつけ、その資金で寺を立派に改築していた。けれど大正十二年には跡継ぎの長男を失い、さらに失火で本堂を焼失し、重なる不幸に落胆の時期であったという。ために酒色におぼれ、さらに狷介なところもあって人望を失っていた。このあたりのことは井泉水宛の手紙で、放哉は軽妙に紹介している。その一部を引用してみよう。

「今日ハ、余リ可笑シイカラ、オ寺ノ様子ヲ、一寸書イテ見マセウ。此ノ寺ノ和尚

現在の常高寺
（福井県小浜町浅間）

サンハ、例ノ天下道場伊深デ修業シタ人。機鋒中々鋭イガ只、覇気余リアリト云フ訳カ、少々、ヤリスギタンデスネ。ソレカラ、坊サントイフ者ハ、通ジテ実ニ細カイ、『モッタイナイ』ヲ通リコシテ、『リンショク』ト云フ方ニ、ナリカケノモノデスネ。（中略）余リ、ヤリスギタノト、横暴ナノトデ、末寺（十ケ所バカリアリマス、此オ寺ハ中本山）ノ和尚連中全部カラ、反対サレテ、寺ノ什器ガ無クナッテシマッテルトカ、ソノ他、金銭上、イロンナ関係デ、本山（妙心寺）ニ申出シ、遂ニ和尚ハ、本春、住職ノ名義ヲトラレテシマッテ、末寺ノ某寺ノ和尚ガ、兼務住職トナリマシタ。

　デスカラ、此ノ和尚ハ、今ハ、居候ノ様ナモノ、末寺ノ連中デハ、早クオ寺ヲ出テシマッテクレト待ツテ居ル、処ガ和尚ハ、例ノガマンデ（二ケ年スレバ、住職ニ復スル明文ガアルトノ事デス）コノ寺ヲ出ナイト、ガンバッテ居ルト云フ処……小生、コンナ事ハ少シモ知ラズニ来タ、妙ナコッテスネ……デスカラ、末寺ノ某僧ナドハ『アナタハ、エライ処ニ来マシタ、トテモ、アノ坊サンデハツトマラン、早ク京都ニ帰ンナサッタ方ガヨイ』トカ、『オ米ハマダアリマスカ』トカ、キク人モアルト云フ有様……オ察シ下サイ」

こんなふうなら寺での仕事はたいしてないはずなのに、朝は四時または五時に起こされて休む暇なく使われるのだ。住職みずからもよく働く。足が不自由だったから座敷中を杖をついて歩きまわり、至れり尽せり指図する。その上、住職には収入がなかったから、放哉が借金取りに来る人々を言い訳して退去させなければならなかった。これでは早晩いきづまることは目に見えているが、放哉は逃げ出そうとしない。ならば何を食べてしのいでいたかといえば、

「ソコデ、毎日ノタベ物ヲ、御ラン下サイ。米ハ、壺ニマダ半分程アリマス。味噌モ、桶ニ半分程アル、炭ハ俵ニ三分一程アル、……コレ丈ナリ……何モ買ハン（買ヘナイノダカラ）。

オカヅハ、大豆ノ残ツテルノヲ毎日煮テ喰フ、味噌汁ノ中ニハ裏ノ畑カラ、三ツ葉ト、タケノコ、（今ハ真竹デス）ヲ毎日トツテ来テアク出シヲシテ、之レヲ、味噌汁ニ入レテ煮テ喰フ外ニハナンニモ、買ハン——

小生、オ寺ニ来テ以来、毎日〳〵同ジ事ヲ、クリカヘシテ居ル、実ニ、シンプルライフ」

放哉は荒れ寺で住職と二人のシンプルライフを、次のような句にしている。

遠くへ返事して朝の味噌をすつて居る
手作りの吹竹で火が起きてくる
眼の前筍が出てゐる下駄をなほして居る
豆を煮つめる自分の一日だつた
小さい橋に来て荒れる海が見える

放哉は海が好きで、その漂浪も海に近いところを選んでいる。小浜でも山門に立つと眼下に小浜湾が開け、海岸まで歩いても十数分の距離であった。その途中の門前の左右に末寺もあって、一帯は寺町ともいえる古い町並。その門前の入口に現在は立看板の説明があって、常高寺の由来が次のように書かれている。

「寛永七年（一六三〇）若狭国主、京極若狭守高次の後室、栄昌尼が槐堂和尚を開山として創建した。栄昌尼は戦国動乱の悲劇を背負った女人として知られる、お市の方（織田信長の妹）が遺した三姉妹（茶々、お初、小督《こごう》）のなかのお初である。

大阪夏の陣では、豊臣と徳川の将来を案じて和睦交渉の仲介に活躍した。

ＮＨＫ大河ドラマ『おんな太閤記』に登場する波乱万丈の戦国を駈けた女性として知られている」云々。

放哉がころがりこんだときの住職は十七世。その地位も剝奪されて居候の身だったから、放哉の居場所は最初からなかった。どこか新たな落ち着き処を見つけなければならなかったが、いっそ台湾とも考えていたらしい。というのも、小浜に来る前からの候補地で、東京の「層雲」編集部の小沢武二には須磨寺からこんな手紙を出したこともあった。

「封入のハガキは台中員林街室井方、小針嘉朗と云ふ人で『原アサヲ』（例ノ有名ナ美人ノ）などといつしよに歌をやつた人間、一燈園で知り合になつた男、一週間計りのつき合ひで、深くは知りません。『層雲、寄贈』とありますが、台中で何をして居るのでせう、之は、丁度今此のハガキが来たので、オナグサミに封入して置きます。あたゝかい台湾にでも行つて、一人で死にたいと思つて居るのです」

あのとき台湾行きは機が熟さず、急きょ小浜へと赴いた。これが不如意で、放哉は再び台湾へ行くことを考えはじめていたようだ。小針は台湾でバナナ果物会社に勤めており、放哉はそこに手紙を書いている。

「梅雨がちかづき殊に日本海岸はヂメ〳〵としてたまらん。早くカラリとした台湾へ行きたいな。扨《さて》勿論、字義通りの無一文なれば着たキリ雀なれ共夏時分行くとどう云ふ衣物ヨロシキヤ、夏シヤツ、六尺、位ヒニテヨロシキヤ、ドウ云フ衣物を着テヨロシキヤ（上陸シテ直に巡査につかまるのも困るから呵々）」

常高寺の方はいよいよ窮して、放哉は七月に常高寺を出ている。住職の方も同月に寺を捨てたというから、ついに万策つきてのことだろう。以来、無住の荒れ寺となっていたが、私が平成二年秋に訪れたとき再興の工事が進行中で、そろそろ本堂も落成するのではなかろうか。

放哉は七月十四日、東京の小沢武二に京都上京区の友人宅から手紙を出している。常高寺を去ってからの経緯は次のとおり。

「啓、当地で、井氏に面会して渡台したいと思ひます。それ迄は表記に居ます。此度、小浜から沼津、大阪、京都と大急行をやつて、大に失念した事は、新潟、能保流君からたのまれた原稿と、九州、星城子氏からたのまれた原稿とを忘れて、無くしてしまつた事です。（小生宛、同人から私宛たのまれたのは他になし）誠にすまぬ。序《ついで》に、あんたから、御ことわりして下さい。虫がよいと思はずに、全く不意に忘れたのです（台湾からことわり状を出します考）」

この文面を読むかぎり、放哉はもう台湾に行くことを決めていた。京都に来る前に、沼津、大阪と回っているのは、沼津では医者をしていた沢静夫に、大阪では小倉夫妻に別れを言うためだったろう。そして渡航の費用も工面する必要があった。

ところが京都で井泉水に会って、放哉は台湾行きを中止した。おそらく井泉水が翻意をうながしたのだろう。というのも放哉は今や「層雲」において掛け替えのない俳人であった。その彼が遠く台湾へと行ってしまえば、「層雲」そのものの屋台骨まで揺らぐかもしれない。ために井泉水が奔走した。常称院の住職にも頼み、そこで見つかったのが京都の下京区三哲にある浄土宗の龍岸寺であった。そこでは寺男として雑用の仕事だったが、ここの住職は僧侶の本業よりも別の金もうけの方が忙しい。その使い走りなどに使われ、放哉は数日間で音を上げている。龍岸寺より井泉水宛の葉書では、

「〇淋シイ処デモヨイカラ、番人ガシタイ。
〇近所ノ子供ニ読書ヤ英語デモ教ヘテ、タバコ代位モラヒタイ。
〇小サイ庵デヨイ。

○ソレカラ、スグ、ソバニ海ガアルト、尤ヨイ『済ミマセンガ、タノミマス、今、十二時ヲ打ツタ処、朝五時カラ、身体ノウゴキ通シデ、手足ガ痛ミマス、ヤリキレ申サズ候」

放哉はこのとき満四十歳。まだ肉体労働に耐えられない年齢でなかったが、既往の肋膜炎のために実際は無理のきく身体ではなかった。龍岸寺を出た放哉は、仕方なく井泉水の仮寓へところがりこむ。井泉水はこれを迎えて、しばらくは二人住まい。そのときのことを放哉は、

「井師の此度の今熊野の新居は清洒たるものではありますが、それは実に狭い。井師一人丈ですらどうかと思ふ位な処へ、此の飄々たる放哉が転がり込んだわけです。而も蚊がたくさん居る時分なのだから御察し下さい。一人釣りの蚊帳の中に、井師の布団を半分占領して毎晩二人で寝たわけです。其の狭い事狭い事、此の同居生活の間に私は全く井師に感服してしまつたのです」

こんな生活ではいかにも窮屈で、長く続けられる状態ではなかった。といって台湾行きを止めたのは井泉水だから、それに替わる場所をと思案して小豆島を思いついたという。寒がりやの放哉には、小豆島ならいい。そこには「層雲」の有力な同

人井上一二がいて、素封家の彼は醤油醸造業を営んでいた。

井泉水は一二の案内で、島の霊場を遍路となって歩いたことがあった。そのとき放哉が住むによさそうな庵があることも見知っていたのだ。一二に頼めば何とかなるかもしれない。そんな話を放哉にすると、彼は乗り気になった。そして一二からの返事が来ない前に、放哉は小豆島へと押しかけて行くことに決めている。その出発直前に一二宛に出した放哉の手紙は、

「拝啓、誠ニ突然ノ事デアリマス、恐縮千万御許シヲ乞ヒマス。先日、井師カラ御願シテイタゞイタ通リノ事情デ、何トカ御世話様ニナリ度イト思ヒマス。何分、已《すで》ニ四十歳ヲ超ヱマシタノデ、ハゲシイ労働ハ、到底、ツトマリマセン、ソコデ、簡単ナ御掃除ト御留守番位デ、ドツカ、庵ノ如キモノヲ、オ守リサセテイタゞキ度御願致シマス。ソレニ、小生、海ヲ見テ居レバ、一日気持ガヨク、之ガ、一番ピツタリ来マスノデ、之等ノ条件ヲモツテ井師ニ相談シマシタ処、ソレデハ、一二氏ニ相談スレバ、ナントカ方法ガツクダラウト云フノデ、先日ノ御願トナツタワケデアリマス。誠ニ御イソガシイ中、恐縮千万デスガ、御助力御願致シマス」云々。

それも明晩か明後晩に京都を出発すると書いているから、手紙を受け取った一二

の方はあわててしまう。私が井上一二氏に会って話を聞いたとき、とにかく人の思わくなど考える男でなかった、と放哉のことを笑って語っていた。京都では放哉の門出に祝宴を開き、井泉水は放哉送別の俳句を作っている。

月のない夜のへしやげた月が出るまで飲んだ　井泉水
翌《あす》からは禁酒の酒がこぼれる
さすらひの旅に出る鼻緒立ててゐる
天の川も濃くなつた事云ふて別れる

放哉が京都を出発したのは大正十四年（一九二五）八月十二日。その数日間に、井泉水は彼のために後援会を組織することを相談した。放哉と井泉水が句を書いた短冊に、陶芸家で「層雲」同人の内島北朗が絵を添え、それを五円で頒布するというもの。その金が放哉後援会の取りあえずの資金となる予定であった。

小豆島

眼の前魚がとんで見せる島の夕陽に来て居る　　放哉
ここまで来てしまつて急な手紙書いてゐる

放哉は小豆島の淵崎村に井上一二を訪ね、事は首尾よくいきそうでないことを察した。といって駄目かもしれぬと予想もしていたわけで、落胆はしない。その場で、一二を前に、彼は井泉水に手紙を書いた。

「啓、一二氏健在ニ有之候。一二氏よりの電報及手紙御らん下されし事と存申候。扨《さて》、色々の御事ノため、御厚意ありながら一寸早い事には行かぬわけニ有之候。その為め、出発前御相談申上候通り、台湾行ときめ申候。最近出航十八日故、ソレニテ、所謂台湾落ときめ申候。旅費卅五円、後援会基金(一二氏に大ニひやかされ候)中より御郵送御願申上候。ソレ迄、一二氏宅に、ゴロ〳〵して居るつもりなれ共、其間ニ一二氏の好意にてどつかよい処をあたつて見てやるとの御親切ニ有之候。但、かゝる事ハ急いではダメの事故、兎に角台湾行ときめ申候」

これを書いたのが大正十四年（一九二五）八月十三日、台湾に渡るにしてもまだ数日間は猶予がある。一二は放哉に、それまでゆっくり休んでいけ、と勧めているうちに、西光寺の住職の杉本宥玄が電話で朗報を伝えてきた。

「庵ひとつ空く見込み」

井泉水が前年に小豆島の島四国遍路となって歩いたとき、宥玄は一二に頼まれて同行した和尚。以来、井泉水に師事し玄々子と号して俳句を作っている。寺は土淵湾をはさんで淵崎村と向かいあった、土庄の町はずれにあった。一二宅から西光寺までは一キロほどの距離であろうか。放哉は数日後に招かれて西光寺の食客となり、ビールも出されて持て成されている。

宥玄は放哉と夕食をともにしながら、こう勧めた。

「西光寺の奥の院の南郷庵に住んでいた方が、二日後に出ることになったので、その後釜《あとがま》にはいったら如何でしょう」

放哉にとっては願ってもない話で、庵がうまく空くのを待つだけである。折しも、その夜はにわかに稲光がして雷鳴はげしく、豪雨のために停電。ために燭台に灯をともしての会話となったが、火影のゆれる薄暗がりの中で、放哉がにぎるコップの泡を宥玄は見ていて、流転する者の悲しみを深く感じたという。

宥玄は約束どおり三日後の八月十九日、放哉を南郷庵に案内した。西光寺の山門から歩いて五分ほどのところ、墓所山の麓にあり、白壁に囲まれた小ぢんまりとした建物である。その庵の様子などは、放哉が後に「入庵雑記」と題して、「層雲」に五回に分け連載している。先ずその冒頭部分を引用で示してみよう。

「この度、仏恩によりまして、此庵の留守番に坐らせてもらう事になりました。庵は南郷庵と申します。も少し委しく申せば、王子山蓮華院西光寺奥の院南郷庵であります。西光寺は小豆島八十八ケ所の内、第五十八番の札所でありまして、此庵は奥の院となつて居りますから、番外であります。已に奥の院と云ひ、番外と申す以上、所謂、庵らしい庵であります。

庵は六畳の間にお大師様をまつりまして、次の八畳が、居間なり、応接間なり、食堂であり、寝室であるのです。其次に、二畳の畳と一畳ばかしの板の間、之が台所で、其れにくつ付いて小さい土間に竈《かまど》があるわけであります。唯これだけでありますが、一人の生活として勿体《もったい》ないと思ふ程であります。庵は、西南に向つて開いて居ります。庭先きには、二タ抱へもあらうかと思はれる程の大松が一本、之が常に此の庵を保護してゐるかのやうに、日夜松籟《しょうらい》潮音を絶やさぬのであります」

この南郷庵は取り壊されて、現在その跡地に「俳人放哉易簀《えきさく》之地」の石碑が建っている。ここより北一キロほども歩けば土庄港だが、当時、庵から見えるのは東側の運河のような海だけ。これは実は海峡で、大小二つの島が密着するように接し、両島は橋でつながっていた。海好きの放哉にはそれでもうれしかったらしく、「入庵雑記」にはこう書いている。

「東南はみな塞つて居りまして、たつた一つ、半間四方の小さい窓が、八畳の部屋に開いて居るのであります。此の窓から眺めますと、土地がだんだん低みになつて行きまして、其の間に三四の村の人家がたつて居ますが、大体に於て塩浜と、野菜畑とであります。其間に一条の路があり、其道を一丁計り行くと小高い堤になり、それから先きが海になつて居るのであります。茲《ここ》は瀬戸内海であり、殊にズツと入海になつて居りますので、海は丁度渠《みぞ》の如く横さまに狭く見られる丈でありますけれども、私にはそれで充分であります。此の小さい窓から一日、海の風が吹き通し

放哉入庵当時の南郷庵

には入って参ります」

放哉にとっては、ずっと求めていた格好の落ち着き処であった。あとはここで、経済的にどう生活を成り立たせてゆくか。大きな収入というのは春三、四月の遍路シーズンで巡拝の人々が米や賽銭《さいせん》をくれるという。それで一年分の生活は賄えるというのだが、放哉が入庵したのは、八月だから、このさき半年をどう食いつなぐかだ。

小浜の常高寺において、シンプルライフは実践してきた。といって人間ひとりが生きていくためには、たちまち何ほどかの金がいる。放哉にはその金がないわけだから始末が悪い。いろいろ計算はしてみるが、すべては人に依存しての当てにならない当てである。

生活に必要な鍋やら七輪、そして蚊帳とか布団、石油ランプなどは西光寺と一二が持って来てくれた。これで当面の入庵は果たしたが、先ゆき不安がなくはない。一週間ほど経った八月末に、一二がひょっこりやって来て、放哉にこう話した。以下は井泉水宛の放哉書簡からの引用。

「実ハ、其後、西光寺サンニ聞イテ見ルト、此庵ノ来春三四月迄ノ収入ハ、全部デ百円程也、其中カラ、原価四五十円ヲ差引クト、残リハ五拾円程也、ソレデ一年ヲヤツテ行カネバナラントノ話、ソレデハ、トテモ出来ナイ、今迄居タ人ハ、葬式ガアレバ其処ニ行ツテ手伝ツテ、晩めしヲ喰ツテ来ルト云フ様ナ風ニヤツテ居タノデ出来タサウダガ」

放哉があんなに喜んだ入庵は、単なる糠喜びだったのか。まるで不意に急転直下に落された思いで自棄になり、どうにも堪えられなくなり、その夜は酒を飲んだというのだ。

「……（一二君は、コンナことハ知りますまいよ。只、ヤケ酒の、淋しいから呑む位な処でせう）……私としては、今少し深い根底から自分の『行動』が出て来る様にうぬぼれて居ますが（ソンナ事はドウデモヨイデス）」

一二には俺の切ない気持が分らない、というもどかしさがある。どうにも呼吸が合わないのだ。こうなれば放哉の酒は悪魔的な飲み方となり、まさに宿命の酒となる。

その飲みっぷり、いや絡みっぷりには放哉独特なものがあって、その一端を井泉水宛に書いたことがある。興味ふかいので、小豆島における一つのエピソードとして紹介しておこう。

「郵便局に手紙を入れて（タシカ、アンタの処へか?）其近所に一寸した料理ヤがある、其の前に、東京の『バー』の様なものがある、之に這入つた処が、誰も居ない、呼んだら向うから女が出て来た。オ酒を呑んでると、女はスーと帰つてしまふ、ナンテ無あいそな奴だらうと、ムシヤクシヤする、又、呼んでキクト、私は芸者ですから、イケマセン……仲居が今来ます……ナニが芸者ダイ、となるわけですネ、芸者ダカ、芋掘リダカ、ワカラン恰好ヲシテ居ルクセニ、オ酌の一杯モシナイナンカ、馬鹿ニシテヤガル……ト云フ様ナ事ニナリマス、其家ハスグ出タノダガ、アトできくと土庄町一番の料理ヤださうで、笑はせますネ。ソコで、芸者君（内ゲイシヤ）大イニ威張ツタト云フワケ……東京者ニハワカリマセンヤネ……其ノ帰リ、又、一軒よる、其家の妻君（夫婦）が昔有名ナ芸者ダサウデ（?）、ムカシ、東京本郷真砂町ニ、囲ヒ者トナツテ居タト云フワケ…ソンナ事が無暗トウレシクナルモンデ、呵々……」

実はこのときの酒は別件で、庵住の期待が裏切られたときの酒は……。「其夜です、某酒店で只一人、大いにあふつて、ソレカラ、仏崎といふ処から(月明でした)

漁師の子（浜に遊んでゐる）を四人、（十四五歳を頭）乗せて之に舟を漕がせ、舟中、一人デ、ガブリ〳〵といふ妙な場面があつたのです」云々。こうしたデカダンな酒を飲んだ後には、何か憑き物も落ちた感じ。放哉は素直な気持になり、宥玄にどうしたものかと相談した。するとどういうものか、大いに庇護してくれて、

「ソレハ井上氏ノ御心配ニハ及バヌ、私ガ、ナントカシマス、ソシテ二三ケ月スレバ出来ル庵、(一年分クヘル庵)ニ入レテアゲテモヨイシ、兎ニ角、私ニ一任シテオイテ下サレバ、ナントカシマス。但、私ガ井上氏ヲサシオイテ、アナタヲ保護スルト云フ事ハ、出スギカモ知レヌ故、私ガアナタを万事世話シテアゲルト云ふ事ハ、井上氏ニハ極内密ニシテオイテ下サイ」

案ずるより生むが易しだ。西光寺の住職が保障してくれるなら生活の不安はない。これで転々とした漂浪にも終止符が打てる。放哉は喜んだ。そして彼がかねての念願どおり実行しようとしたことは何だったか。

妻の馨とはこのころ音信不通であった。南郷庵に入庵したことを通知したが返事はない。といって以前ほど執着してない様子だ。友人宛の手紙には、この期に及んでも「妻は矢張り遠方に離れて居りますが、例の『手鍋さげても』といふ徹底生活

を好まないのです。矢張り『体面論者』であります。彼女に『手鍋さげても』が出来ない所以《ゆえん》は、蓋《けだ》し私の『人格』の『小サイ』結果でありませう。私に『誠意』が足りない結果であらうと思ひます」と書いている。

放哉の徹底生活は、ちょっと付き合い程度で出来るものでなかった。入庵以来、飯をたくことは一度もなく、焼米にしておき、これを豆と共にかじるのである。これが主食で、水と茶をがぶがぶ飲む。ほかは芋をふかして食べたり、梅干、ラッキョがあるだけの食事だ。

その徹底ぶりは、西光寺の宥玄に生活を保障された翌日から、「入庵食記」を書きはじめていることでも知れる。そのことについて井泉水宛には、

「入庵以来、『入庵食記』といふものを書いて居るのです。(将来の参考に面白いと思つてネ) いつかタマツタ頃見てもらひます。食事と身体との関係を見るに面白いと思ふのです。焼米ハ矢張リヤリマス。シカシ中々人間の身体といふ奴は強いもんですから、無暗とフラ〳〵消えて無くなつてしまつたら、ソレコソ、自然消滅はしないだらうと思つて居ます。但、今の処元気ハ大いに無いでスネ。ソシテ、痩せる事も事実らしい。がドウセ、ホリ出して、客観的に見てゐる自分のからだ故、割合

元気に行き得るだらうと思つて居ります。マア〳〵面白いですよ」
なんとも凄い徹底ぶりである。そしていずれ即身成仏のミイラになるのを望んだのかといえば、それほどの信仰心はなかった。大正十四年九月一日から記しはじめる「入庵食記」の扉の言葉として、芭蕉の一句を書いている。それは「庵にかけむとて、句空が書せる兼好の絵に」と詞書のある次の一句だ。放哉はその詞書を改変して、

芭蕉より句空へ
秋の色糠味噌壺もなかりけり

またこの句の説明にもなる文として、彼は『徒然草』第九十八段から、次の文も書き出している。そこにある糂汰瓶《じんだびん》は糠味噌《ぬかみそ》の瓶のこと。

世を捨人は浮世の妄愚を払ひ捨てゝ糂汰瓶ひとつも持つまじく（徒然草）

ここに至って放哉が先人から学ぼうとしたものは、余計なものを捨ててしまうこと。そしていわゆる風雅の誠、いや放哉なら呼吸の面白さに生きることであったかもしれない。そのことはまた後に詳しく書くつもりだが、食事と身体との関係もまた一種の呼吸の面白さ。それが顕著に現われている放哉の句を選び出してみよう。

水を呑んでは小便しに出る雑草
嵐が落ちた夜の白湯を呑んでゐる
蜜柑たべてよい火にあたつて居る
夕空見てから夜食の箸とる
肉がやせて来る太い骨である

とにかく放哉が望んでいたものは独居、独棲の閑寂な生活であった。それが南郷庵に入ることで叶えられたわけだ。ならこの先、どういう生き方をしたか。いや放哉はどんな死に方を望んだか、これも井泉水宛の手紙には克明に書いている。

「ハカラズモ当地デ、妙ナ因縁カラ、ヂツトシテ、安定シテ死ナレサウナ処ヲ得、大イニ喜ンダ次第デアリマス……『之デモウ外ニ動カナイデモ死ナレル』私ノ句ノ中ニモアリマスガ(昨日、東京ニ百句送リマシタ中)、只今私ノ考ノ中ニ残ツテ居ルモノハ只、『死』……之丈デアリマス。積極的ニ死ヲ求メルカ、消極的ニ、ヂツトシテ、安定シテ居テ死ノ到来ヲマツテ居ルカ……外ニハナンニモ無イ……(中略)扨此ノ九月カラ、新ラシイ『生活様式』ノ実行ニハイル考デ居ルノデス。否已ニ実行シテ居ルノデスガ……目下ハマダ、フラ〳〵シテ、大抵横臥シテ居ルノデス……其中ニ必ズヤ元気ガ出テ来ルト思ツテ居リマス……

ホントニ、今ノ簡易生活ガ(只今ノ様ニ、少シ大風ニ吹カレルト、スグ、ブチタホサレサウナ、ヒヨロヒヨロデ無クテ、少シ腹ノ底カラノ元気ガ出テ来テ)……ホンモノニナツタラ、一ケ月ノ食費ハ、ホントニ、オ話シニモナラヌ程ノモノダラウト思ヒマス……ソシテ、悠然トシテタツタ一ツ残ツテ居ル、タノシミノ『死』ヲ、自然的ニ受入レタイト思フノデアリマス……ドウカ成功スル様ニイノツテ下サイ」

なんとも妙な書きぶりだが、考えてみれば「死」は誰もが避けて通れない運命だろう。彼は運命的な酒を飲み、また「死」という運命に前向きに対処しようとした。これは社会道徳からいえば逆さまで、世の真面目人間からはヒンシュクものだ。といって「生」を前向きからだけとらえていても、呼吸の面白さは理解できない。当り前を当り前と見ないところに、面白さの秘密がある。

足のうら洗へば白くなる　　放哉
秋風の石が子を産む話
迷つて来たまんまの犬で居る
爪切つたゆびが十本ある
ゆうべ底がぬけた柄杓で朝
墓のうらに廻る

終焉

新生活様式と銘打ち、放哉が南郷庵で独居して、一日黙って暮し　悠々と天命を果そうと決意するのは大正十四年(一九二五)九月一日のこと。それから翌年四月七日の臨終までに、各所の俳友たちに出した手紙の数はおびただしい。現在公表されている分だけでも、四百二十通ほどもあり、その一通一通が長文で自らを述懐するものも多く、独自の書簡文学を成している。

それにしても社会との交渉を断絶しながら、一方で弛《ゆる》みなく、平均すれば一日二通は書いているのだ。もちろんそれは特定の人物で、師の井泉水と俳弟子の星城子宛が多い。また星城子が福岡ということもあって、その縁から九州に俳友をふやしている。そのうちの一人が医者の木村緑平で、現在は山頭火の後援者としてよく知られる人物。最初に交友を求めたのは放哉からで、九月二十二日に葉書でこう書き送っている。

「啓、突然の御通信御許し下され度候。昨日、善通寺の兵隊屋敷より、飯尾星城子来訪、誠に、空谷に跫音《あしおと》を聞くが如く、夜おそく迄、快談、今朝四時、寒霞渓に向つて去り申候。残り多き限リニ有之候。其の節、大兄の御噂承り候次第」云々。

星城子はこのとき善通寺の輜重《しちょう》隊に招集され、二週間の教育期間を終え、家のある福岡へ帰る途中に立ち寄ったのである。このとき緑平のことや、熊本県植木町の観音堂で山林独住の生活をしている山頭火のことも聞いたらしい。山頭火とは放哉にとってとても懐しい名前であった。どうしたわけかこの四、五年間は「層雲」誌上で名前を見かけない。大きな変転で出家して堂守になっていたということなのか。さっそく手紙を書きたいが、ここは軽率に振る舞うべきでないこともよく知っている。そこで九月三十日、放哉は緑平宛に次のように書いているのが興味ぶかい。実はこの手紙、私が昨秋に発見したもので、全集などにも未収録。これまで放哉と山頭火の関係が不明であったが、これによって推察できることも多く貴重な一通である。その中で放哉は、

「啓、横さまに書いたりなんかして不体裁を御許し下さい。何しろ、原稿紙が大きいんですから、呵々。御便り嬉しく、どうか之を御縁に、御通信を願います。(緑平

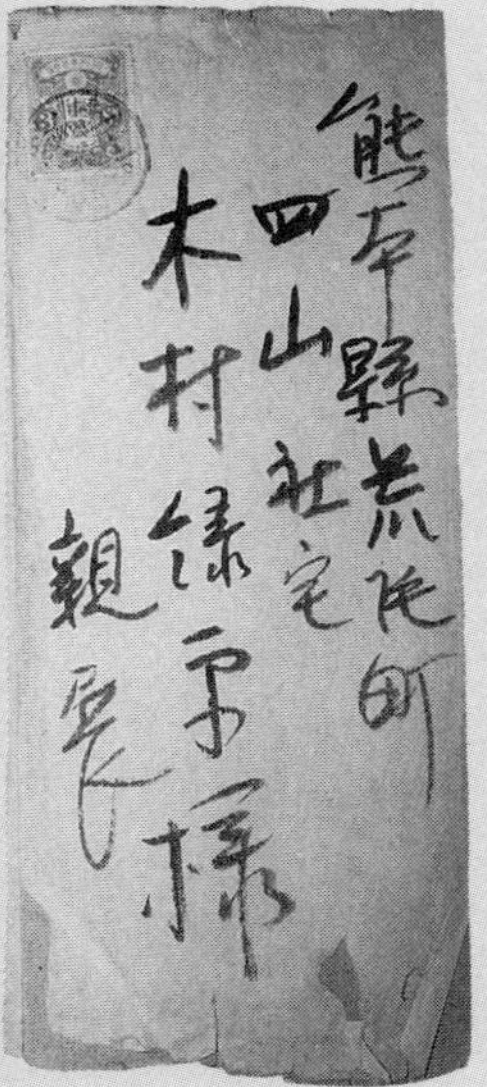

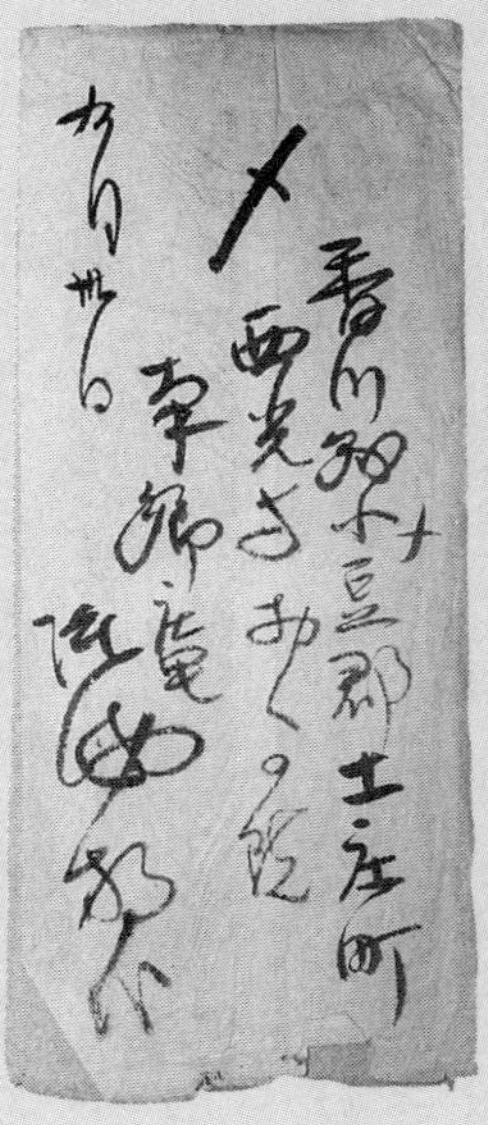

大正十四年九月三十日付
木村緑平宛の手紙
上は表書き、下は裏書き

への句評があるが中略）扨、「句」の事をサキに書いてしまつたらなんだか、御挨拶の言葉に、何を書いてよいやら、一寸、わから無くなつた形ち、呵々……コレダカラ、放哉は困るのですよ……ムヅカシイ御挨拶はぬきにして……山頭火氏ハ耕畝と改名したのですか、観音堂に居られるのですネ、……「山頭火」ときく方が私には、なつかしい気がする、色々御事情がおありの事らしい、私ハよく知りませんが、自分の今日に引キ比べて見て、御察しせざるを得ませんですよ、全く、人間といふ「奴」はイロ〳〵云ふに云はれん、コンガラガツタ、事情がくつ付いて来ましてネ、……イヤダ〳〵呵々。御面会の時ハ、よろしく申して下さい、手紙差し上げてもよいと思ひますけれ共思ふに氏ハ『音信不通』の下ニ生活されてるのではないかと云ふ懸念がありますから、ソレデハかへつて困る事勿論故、ヤメて御きます」

相当に気をつかった書きぶりである。一日に平均二通は出しているのだから、手紙を書くのは簡単だ。けれどこれも呼吸というもので、音信不通で山頭火の境遇を思っていることもうれしかったのだろう。

ところで放哉はこのころ「入庵雑記」の原稿を書いていた。緑平宛の手紙の冒頭で「原稿紙が大きいんで」と書いているのは、「入庵雑記」をかくためにもらったも

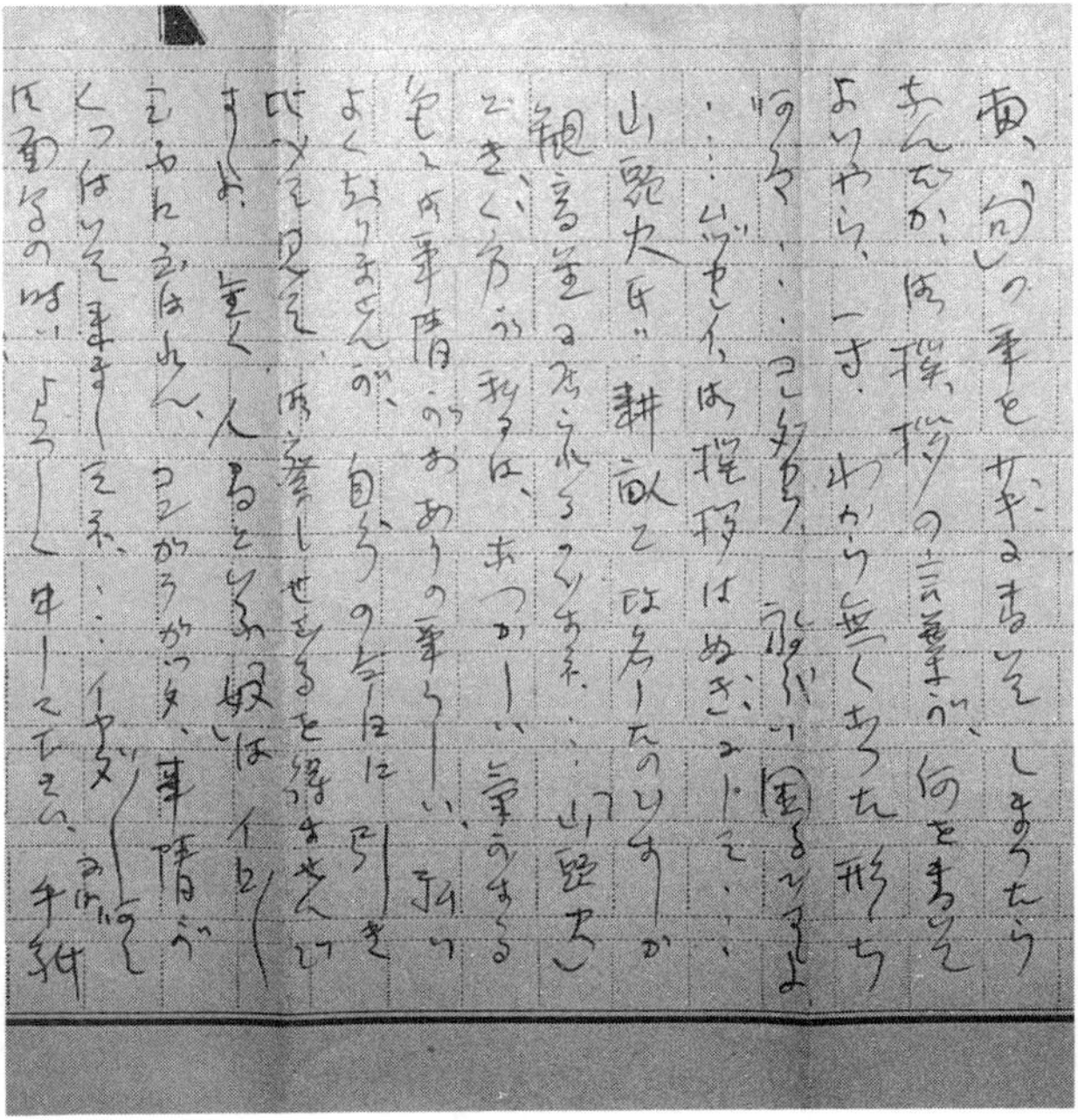

山頭火について触れた
木村緑平宛の手紙
大正十四年九月三十日付

のを流用しているから。そして、やがて「層雲」に掲載されると、山頭火も自分の文章を読むに違いない。放哉はそんなことを意識しながら、「入庵雑記」の六章を「風」と題して次のように書いている。

「毎日朝から庵のなかにたつた一人切りで坐つて居る日が多いのであります。独居、無言、門外不出……他との交渉が少いだけそれだけに、庵そのものと私との間には、日一日と親交の度を加へて参ります。一本の柱に打ち込んである釘、一介の畳の上に落ちて居る塵と雖《いえども》、私の眼から逃れ去ることは出来ませんのです。

　今暫くしますれば、庵と私と云ふものがピタリと一つになり切つてしまふ時が必ず参る事と信じて居ります。只今は正に晩秋の庵……誠によい時節であります。毎朝五時頃、まだウス暗いうちから一人で起き出して来て、……庵にはたつた一つ電燈がついて居まして、之が毎朝六時頃迄は灯つて居ります……東側の小さい窓と、両側の障子五枚とをカラリとあけてしまつて、仏間と、八畳と、台所とを掃き出します。そしてお光りをあげて西側の小さい例の庭の大松の下を掃くのです」

　実はこれらの原稿が、「層雲」に掲載されはじめたのは大正十五年一月号からで、最終は五月号で死後の発表となる。つまり九月一日からはじめた新生活で、だんだん肉体は衰弱していった。それに引き換え句作の方は旺盛で、井泉水宛に「俳句、多クテ済ミマセンガ、ドシ〳〵取捨シテ下サイマセ、タノミマス、ドシ〳〵作リマス」などと書き、毎月二百句以上を送っている。

海が少し見える小さい窓一つもつ
わが顔があつた小さい鏡買うてもどる
追つかけて追ひ付いた風の中
人間並の風邪の熱出して居ることよ
障子あけて置く海も暮れきる
淋しきままに熱さめて居り
風にふかれ信心申して居る
なんと丸い月が出たよ窓

これらが小豆島での放哉の俳句。季語があって五七五と十七音の定型句とは、ぜんぜん趣を異にしている。それは根本からの句作態度が違うわけで、彼は俳句について俳弟子の星城子にはこう書くのだ。
「俳句は『詩』なのです。私をして云はしむれば寧ろ『宗教』、なのです。『宗教』、は詩であります。決して哲学ではありません。之を論ずることになれば、頗《すこぶ》る長くなりませう。私は只結論をコ、にあげてアトハ賢明なアナタの解釈に任せませう。ツマリ『詩』であるべき『俳句』をアナタは之を哲学から或は又論理から批評されるから皆的がはづれるワケなのであります。俳句は詩であり、宗教である筈であります」

　これは放哉の俳句観として注目してよかろう。といって俳句が宗教であることを論ずるのは、そう簡単なことではない。たとえば禅の師匠が弟子の僧に「仏心如何」と質問。弟子は師匠に「光風霽月」と答えて、悟りもなにもあったものかと、こっぴどく叱られた。その後に、今度は弟子が「仏心如何」と質問すると、師匠は「光風霽月」と答えたという。そこで弟子の僧は悟入したという。

　放哉はこうした逸話を持ち出して、これが俳句と宗教の関係だという。九州の中津に住む、もう一人の俳弟子である島丁哉には次のように書いている。

「△同ジ智慧ト申シマシテモ、仏ノ智慧ト、人間ノ智慧トハチガイマス。

△同ジ慈悲ト申シマシテモ、仏の慈悲心ト人間ノ慈悲心トハチガイマス。

△同ジク、差別界ト申シマシテモ……一度、無差別界ヲ通過シテ来タ差別界トハ大ニチガイマス。

放哉ハ俳句ハ詩ト同時ニ宗教也ト申シテ居リマス（星城子君ニモ常ニ申シマスコト）於茲、非常ニ苦心スルノデアリマス、……何故ト申スニ、自分ノ人格ノ向上ニ、連レテ私ノ句ガ進歩スルヨリ外ニハ私ニハ途ガナイノデアリマスカラ自己ノ修養ニツトメナケレバナリマセン……ソコデ句作リガ私ニハ、大問題トナッテ居ルノデアリマス。（中略）デスカラ常ニ私ハ……各方面ニ於テ自己ヲタンレンして行ケバ……句ハ自然、人格ニツレテ、アガルト申シテオルワケデス。

但、トテモ、ムヅカシイ事ナンデスカラ死ヌ迄努力ト思ツテ、放哉ハ研究精進シテオルノデアリマス」

大変に謙虚で真摯な俳句に対する態度である。それも独居、無言、門外不出で焼米くらいをかじっての精進となると、もう命懸けで、句作は死の淵ぎりぎりまで追いこんでの様相であった。

放哉が大正十二年（一九二三）八月末から二か月ほど、満鉄病院に入院していたことは書いた。そのときの病名は左湿性肋膜炎。その予後にくる肺結核の徴候は、入庵早々の九月ころから現われている。それがひどくなるのは十月半ばで、咳と痰に苦しみだす。そして十月二十日には耐えきれなく島の医者にかかっている。そのことは「入庵食記」に、

「西光寺サンヲ煩シ（オイシヤ）ニ行ク、二ケ月、ガマンシタケレ共苦シクテ、死ヌノハ、ナントモナイガ、苦シクテ、手紙モカケナイニ一番コマル、酒ヲノンデ、元気ヲツケテ、手紙ヲ書イテル有様也、シカタナシ（中略）不時ノ熱ヲ如何セン木下氏（島の医者・筆者）曰ク、アンタハ、ガマン強イ、ソレガイカヌ――今后、午前二時間位、休ム可シト……俺ハ（ルンゲ）?……死ンダ方ガヨイ、（寐テオラレルモンカ、ボンヤリシテ）呵々」

放哉もうすうすは察していたが、左側肋膜全部が癒着し肺結核にかかっているのだ。当時は不治の病ともいわれ、早々に観念するところもあった。といって四六時中、平静を保っておれるはずはなく、時には不安に襲われる。このとき急に衝動的な酒を飲む癖は改まっておらず、しばしば失策をやらかしたらしい。

酒に酔っての無謀な行動も、体力あってのことである。焼米だけのシンプルライ

フでは、それも荒ぶるというほどでない。放哉は死を見つめて坐りつづけることが多くなった。心は生死無常に集中し、存在の真のすがた、万有の真のすがたを見定めようとする。放哉の心は燃えた。ようやく死期が近づいて来るにしたがい、自分が求めていたものの何であるかが解ってきた。これを俳句によって表現しようと生命の最後の炎を燃やしている。

月夜の葦が折れとる
墓のうらに廻る
枯枝ほきほき折るによし

これら放哉の句のなかに、その心境は読みとれる。第一句は実在そのものに肉迫し、「葦が折れている」では単なる写生句だ。第二句は孤独な人間の心理をみごとについている。「墓のうらへ」では放哉の世界はくずれてしまう。第三の句にも孤独な心情がよく現われて、「ぽきぽきと」としない語感の機微はやはり孤絶の世界の産物である。こうした心境を裏書きするものとして、大正十五年（一九二六）二月二十日

に放哉が井泉水宛に出した手紙の一節は、

「此の土地……冬、寒気、烈風……書いて居ても、イヤなれ共……放哉、此の庵が気に入つてしまつた……考へて見ると、スツカリ周囲から解放されて、他人の顔を見ないでもよし、他人と話をしないでもよし、只、イツモ一人で……静で……此の厭人主義ノ私ニ、スツカリ気に入つた、冬は寒風ハイヤだが、……なる可く……此の庵で……他人と、スツカリ（手紙以外ニハ）……交渉を絶ツタ……（不自由、貧弱ダケレ共）……自由勝手な、放哉一人の天地デ、死なしてもらひたい……薬も呑まねば……死期もせまるだらう、或は激変もあるだらう、そして、早く、……此の『庵』で死なしてもらひたい。此ノ『庵』ヲ出ル位なら、全く、死んだ方が（目下の放哉としては尤も適切に）よいのです。一人でいろんな事ヲ考へてます。御許し下さいませ。……何等一ツノ『執着』をも持つて無い放哉故……全く、今の『死』は『大往生』であり、『極楽』であります」

　こうした手紙を受け取りながらも、井泉水は放哉をひとり南郷庵に住まわせておくのは、人道に反すると考えた。一二や宥玄からの報によっても、衰弱は見るに忍びないほどだったという。放哉の方はもう覚悟が出来てしまったから意外と明るい。

放哉を最後まで看病し
看取った南堀シゲ
（撮影年度不明）

小豆島土庄西光寺にある放哉の墓

三月十六日の「入庵食記」には、「(スキ焼)デ一杯ヤツテ死ニタシ　呵々、タノムタノム、……扨　誰ニタノムノダ、……呵々」云々。もうこの時、食物は喉を通らない。三月二十日の井泉水宛の手紙では、スリー・キャッスルという英国製の高級たばこを吸いたい、とねだっている。それも五十本入りの丸い罐で、三円もする高価なもの。このスリー・キャッスルは「……実に私の口にあつてウマかつた……」「ヨイ匂ヒが頗る恋しい……紫の煙が恋しい」と臆面もなく書く図々しさ。いや、これが放哉のいう呼吸の面白さで、しみったれて死ぬのだけは嫌だった。

この高級たばこのおねだりと行き違いに、井泉水からは、庵を出て京都の病院に入院してもらいたい、との報。これには放哉も困ってしまい、長々返信の手紙を書いている。

「若《も》し、今、無理に此の『庵』を出よと云ふものアレバ、丁度よい機会故、食を絶つて死にます決心……今少し位、長く生きられる放哉を、早く殺さんでもよいではありませんか。(中略)只今では、放哉の決心次第一つで、何時でも、『死期』を定める事が出来る、からだの状態にあるのですよ……ナントありがたい、ソシテ、うれしい事ではありませんか、……放哉は勿論、俗人でありますが、又、同時に『詩人』

として、死なしてもらひたいと思ふのでありますよ……」

これだけの覚悟なら誰も口出しなど出来ない。放哉の肉体は衰弱しきっていたが、精神の方は屹立《きつりつ》していた。こうなったら周囲の仲間も、放哉の言いなりで、その死を待つばかり。井泉水はねだられるままにスリー・キャッスルを送ると、放哉からは「大いに大臣気取りで、スパーリ〳〵一人でくゆらして、味をかみしめ、紫煙の行方をなつかしんで居りますよ、アノ籐の椅子が一ツあつたら、ソレにからだを長くのばして吸つたら、ウマイだらうなあ……と思ふのです……」

これは亡くなる一週間前の放哉の態度だ。もう足腰の自由を失い、やっと呼吸をしているくらいの病状だった。そして放哉が気にかけていたのは、つい最近、裏のお婆さんに頼んで二十銭で買ってきてもらった鉢植えの木瓜《ぼけ》。これがぽつぽつ咲きはじめたのである。四月一日に木瓜の花は三つ咲いた。そして死ぬ当日の四月七日まで木瓜の花を楽しみ、放哉は俳句仲間に「放哉なるもの、今少し生れる可からざりし『時代』と『土地』とに生れ出で、狂、盗、大愚、との、しられ遂に夢の如く去らんとす……之もコウ云ふ時代の一個の産物なる可し」(四月三日)などと飄逸味《ひょういつみ》のある葉書を書いている。

放哉が亡くなったのは午後八時ころ。この気まま者の放哉を最後まで看取ったのは、彼が裏のお婆さんと呼んでいた南堀シゲ夫婦だった。「層雲」所属のもう一人の気まま者である山頭火は、四月十日、山林独住に倦《う》み一鉢一笠の放浪の旅に出ている。これもまた放哉のいう呼吸の面白さというものであろうか。放哉の辞世は、その全生涯をよく表徴する作である。

春の山のうしろから烟が出だした

尾崎放哉年譜

明治十八年（一八八五）
一月二十日、鳥取県邑美郡吉方町百四十五番屋敷（現、鳥取市吉方町二丁目二二〇番地付近）に生まれる。父・信三、母・なかの次男（長男直諒は明治十三年、五歳で夭折しているので事実上は長男である）。信三は当時鳥取地方裁判所の書記。

明治二十四年（一八九一）　六歳
立志尋常小学校（当時は四年制であった）入学。

明治二十八年（一八九五）　十歳
鳥取高等小学校（四年制）に進学。

明治三十年（一八九七）　十二歳
鳥取高等小学校二年を修了し、鳥取尋常中学校に入学。この年、姉、並が山口秀美を養子に迎えた。

明治三十二年（一八九九）　十四歳
鳥取県立第一中学校（校名変更）第三学年。この頃より短歌や俳句を作る。

明治三十三年（一九〇〇）　十五歳
鳥取県立第一中学校第四学年。この年に創刊された学友会雑誌「鳥城」に俳句を寄せる。この年「ホトトギス」に三句入選。また、岩田勝市、三浦俊彦、山崎甚八らと、「芹薺《きんせい》会」を結成し、和歌を残す。この年、沢芳衛の一家が父の鳥取帰任に伴い、大津市より引っ越してくる。（芳衛は鳥取女学校に編入、放哉とはじめて逢う）。

明治三十四年（一九〇一）　十六歳
春、西谷繁蔵、福光美規・山崎甚八らと『白薔薇』（単行本）を発行した。

明治三十五年（一九〇二）　十七歳
三月、鳥取県立第一中学校卒業。
九月、第一高等学校文科に入学（当時の校長は狩野亨吉）。

明治三十六年（一九〇三）　十八歳
この年二月に再興された一高俳句会に参加し、井泉水（当時愛桜と号していた）と知る。この頃、漕艇に熱中し、毎日のように隅田川に徒歩で通った。
四月、沢芳衛、日本女子大学国文科に入学し、小石川区表町の坂根方に下宿した。

明治三十七年（一九〇四）　十九歳
二月十日、日露戦争勃発。

明治三十八年（一九〇五）　二十歳
一月三日、旅順が陥落。
三月、一高『校友会雑誌』に三天坊の筆名で「俺の記」を発表。
六月、第一高等学校を卒業（この当時は六月に卒業式が行なわれた）。
九月、東京帝国大学法学部に入学。難波誠四郎・田辺隆二・二村光三と放哉の四人で千駄木に家を借り、鉄耕塾と名づけて自炊した。

明治三十九年（一九〇六）　二十一歳
三月頃、鉄耕塾を解散したが、田辺と放哉の二人はそのまま鉄耕塾に踏み止まって、夏の試験まで籠城した。この間、三月に日本女子大学を卒業した沢芳衛に結婚申し込みをしたが、芳衛の兄（沢静夫。東大医学部卒）に血族結婚を医学上の見地から反対され、結婚は断念。放哉は田辺隆二との鉄耕塾での生活を解散した。難波誠四郎と一緒に本郷森川町近藤方に下宿した。

この頃から法律よりも哲学・宗教に心を魅かれ、釈宗演在世中は鎌倉の円覚寺にも通った。酒を知り、酒に溺れるようになったのもこの頃からである。

明治四十年（一九〇七）　二十二歳

この年「ホトトギス」十二月号にこれまでの「芳哉」に代わる「放哉」の号を用いた句が載る。

明治四十一年（一九〇八）　二十三歳

この年（四十二年のことかもしれない）春、本郷区西片町、岩本方に難波と一緒に下宿した。

明治四十二年（一九〇九）　二十四歳

十月十六日、東京帝国大学法科大学政治学科を卒業。卒業式は毎年六月であったが、本試験を受けず追試験によって卒業。

明治四十三年（一九一〇）　二十五歳

この年（四十二年の可能性もある）日本通信社に入社したが、一か月位で退社。

明治四十四年（一九一一）　二十六歳

前年度かこの年の初め、東洋生命保険株式会社に内勤員として就職。契約課に所属した。一月二十六日、鳥取市坂根寿《とし》の次女、馨（十九歳）と結婚。やがて夫婦で上京し、小石川での新婚生活が始まった。

四月、荻原井泉水「層雲」を創刊。

明治四十五年・大正元年（一九一二）二十七歳
九月十八日、信三隠居に伴い、秀美・並夫妻分家し、鳥取市本町三丁目十番地に移る。

大正二年（一九一三）二十八歳
六月、東洋生命の契約係長となる。

大正三年（一九一四）二十九歳
東洋生命保険株式会社大阪支店次長として赴任、天王寺に住む。同じ頃太陽生命大阪支社長だった難波誠四郎とは親しく往来した。

大正四年（一九一五）三十歳
一年たらずで、東京本社に帰任し、東京府下下渋谷羽根沢に住む。
十二月、「層雲」にはじめて放哉の一句が掲載された。

大正五年（一九一六）三十一歳
この年から層雲社例会や麻布霞町・山岡夢人方での「東京五句集」「鳩心会」等の句会に参加し盛んに句作した。

大正六年（一九一七）三十二歳
七月十九日、保険同交会の例会が日比谷公園松本楼において開催され、東洋生命を代表して大原萬寿雄と一緒に参加した。
九月、チアノーゼを呈する三十八度の発熱。

大正七年（一九一八）三十三歳
二月一日、これからの俳句は「芸術より芸術以上の境地を求めて進むべきだ」との抱負を語る(井泉水宛書簡)。この当時の放哉の肩書きは、契約課課長である。

大正八年（一九一九）　三十四歳
この年の四月号をもって、大正四年末から三年余り続いた「層雲」への発表が途絶える。

大正九年（一九二〇）　三十五歳
二月四日、尾高次郎、東洋生命社長死去。

大正十年（一九二一）　三十六歳
十月一日、社員の異動があり、契約課長事務取扱を免ぜられる。放哉の辞職はこの契約課長を罷免された事が直接の引き金になっていると推測される。「最早社会に身を置くの愚を知り、社会と離れて孤独を守るにしかず」と決意する。

大正十一年（一九二二）　三十七歳
東洋生命を退職後郷里に帰省。
四月頃、再起を促す電報（難波誠四郎からではないかと思われる）が東京から届き、佐々木清麿や太陽生命の清水専務から近く創設される朝鮮火災海上保険株式会社支配人の話を聞く。下渋谷の家を処分して、その足で朝鮮（京城）に渡る。
五月十六日、生母なかが亡くなる。放哉は新会社の創立準備に奔走中で、「帰レヌ」と打電し、馨を代わりに帰郷させる。放哉は不退転の決意で仕事にも意欲的な取り組みをみせていた。
十月頃左肋膜炎を病む。

大正十二年（一九二三）　三十八歳
この年一月より「層雲」誌上に再び放哉の句が見られるようになった（大正八年以降四年間のブランクがあった）。
五、六月頃、社長から免職を命ぜられる。事前に誓約させられていた禁酒が守れなかったことが理由だといわれている。

八月末より二か月ばかり左湿性肋膜炎のため満鉄病院に入院。入院中に手記(「無量寿仏」)を馨に口述筆記させた。

九月一日、関東大震災の報を聞く。

十月頃、馨とともに大連から帰国し、長崎に住む宮崎義雄方に身を寄せる。妻とは別居し
十一月二十三日、京都市左京区鹿ヶ谷に西田天香が主宰していた修養団体・一燈園に入る。

大正十三年(一九二四)　三十九歳
三月、一燈園での仕事は体が続かず知恩院塔頭常称院の寺男となる。

四月三日、井泉水と数年ぶりに逢って会食する。その酔余に常称院住職を立腹させる言動をとり寺を追われる。

六月、一燈園で兄事していた住田蓮車の紹介を得て神戸の須磨寺に入る。

十一月、「層雲」十一月号で井泉水「放哉君の近作は注意すべきものがある」と評価する。

大正十四年(一九二五)　四十歳
三月、須磨寺の内紛のため同寺を去り、四月十日、一燈園に戻る。
五月十四日頃、福井県小浜町浅間の臨済宗寺院常高寺の寺男となる。
七月、常高寺破産のため同寺を去る。
八月十二日、井泉水に見送られて小豆島に旅立つ。
八月十三日、小豆島土庄町淵崎の井上一二邸を訪ねる。
八月十四日、国分寺の住職童銅龍純を尋ねる。
八月十五日、西光寺、杉本宥玄宅を訪ねる。
八月二十日、南郷庵に入庵する。
九月一日、「入庵食記」をつけはじめる。
九月二十二日、飯尾星城子・和田豊蔵来庵。

十月二日、井上一二・杉本宥玄・放哉の三人で話し合った結果「南郷庵安住」ということに決まる。

十月二十日、はじめて地元の医師（木下氏）に診察してもらった。「左肋膜癒着」の症状を呈していた。

十二月八日、急に寒気が厳しくなる。島の烈風に悩まされる。

大正十五年（一九二六）　四十一歳

「層雲」一月号より「入庵雑記」の掲載がはじまる（五月号まで五回連載）。

一月三十一日、癒着性肋膜炎から来る肺の衰弱、合併症湿性気管支加答児だと診断される。

二月二日、「湿性肋膜炎、癒着後に来る肺結核・合併症・湿性咽喉加答児」と宣告される。

二月十三日、旧正月、立石信一来庵。

三月十一日、咽喉結核がすすみ、御飯がつかえるようになる。

四月七日、南堀シゲさんの看病を受け、午後八時頃瞑目。その日三時に大阪港をたった馨は、彼の死を見届けるには僅かに間にあわなかった。

四月九日、井泉水、北朗、姉並来庵し、西光寺墓地に埋葬す。戒名「大空放哉居士」。

※本年表の作成にあたり、瓜生鐵二著『尾崎放哉』（新典社、一九八六）の略年譜を参考にさせていただきました。

あとがき

山頭火といえば放哉、放哉といえば山頭火と並び称される存在である。けれど私はなぜか山頭火好みで、放哉の方には目を向けることが少なかった。山頭火についてはもう二十年前に人物伝を書き、あれこれ数えれば今日までに全部で八冊ほどの著書がある。対して放哉については、自主的にまとめたものは一冊もない。

それがいまさらなぜ放哉なのか。私は最近、定型非定型の別なく多くの俳句を読んでいる。そして俳句とは何かと考えるとき、改めて放哉に行き当ったのだ。

山頭火の場合は、私の若き日の放浪途上で発見した俳人であった。放哉は終焉地である小豆島で庵を得たとき、喜んで「之《これ》デモウ外ニ動カナイデ死ナレル」の句を作り、どこにも出歩かない。その坐せる放哉に親しみがもてなくて、これまでは敬遠気味。だけどこの倣岸とも見える男にも人知れぬ哀しみがあり、孤絶の世界に入るまでにはそれなりの理由があった。これが俳句のリズムに現れていて、稀有のすばらしさに気づいたわけだ。それに放哉書簡のユニークさ、こんな手紙を書く日本人がほかにいたかという驚き。

放哉は独居、独棲、沈黙の生活を望んだが、書簡における この冗舌は何なのだろう。これを読まなければ、ただ石のごとく黙した放哉しか知れず、ついには素通りしてしまったはず。けれど俳句を糸口に、彼の書簡までも読んでいくと、その豊潤さにたじろぐ思いがする。二十年来の食わず嫌いも、急に思いついて放哉伝を一気呵成に書くことになった。叙述のテンポは放哉の書簡を素材とする以上、彼のそれに同調したかった。ためにおのずと放哉書簡を多用することになったが、これも文学の一級品として生のまま読んでもらいたかったからだ。

顧みれば、私は放哉を書くため特別に取材することはなかったけれど、放哉と交友の深かった内島北朗氏や井上一二氏のところには幾度か訪ね話を聞いたことがある。荻原井泉水氏からは彼に関して手紙を戴いたこともあり、放哉研究家の村尾草樹氏、『尾崎放哉の詩と生涯』の著者、大瀬東二氏とは親しかった。みんな故人になってしまったが、こうした人の導きもあって、放哉という人物を考えていた年数は長い。その意味で自分の放哉を書くことが懸案だったといえなくもなく、初稿ゲラを読みながら少々は溜飲が下がる思いといったところ。本書を草するに当っては多年にわたって多くの人々の助けがあり、改めて謝意を表したい。また本書出版では永安浩美さん、山口修子さんにお世話になったことを記し謝辞とする。

ここまでの文章は平成三年五月に記した「あとがき」である。執筆後、十年余りが過ぎ、その間に『放哉全集』全三巻（二〇〇一年一一月～〇二年四月筑摩書房）の編集委員として参加し、新資料の発掘などにもかかわってきた。本来ならそれを踏まえた放哉評伝を書かねばならないが、それが果せたとしても数年先のこと。今は明らかな誤まりだけを訂正して新版としたい。改めて読み返してみて、わたしの放哉観がぶれているとは思わない。この『放哉評伝』は今もわたしの基本的な考えである。

二〇〇二年九月

村上　護

主な参考文献

井上三喜夫編『尾崎放哉全集増補改訂版』全一巻（昭和五十五年・彌生書房）
岡垣益太郎編『春の烟』（昭和五年・湖の会）
河本緑石『大空放哉伝』（昭和十年・香風閣）
志賀白鷹『俳人放哉』（昭和十七年・修文館）
伊沢元美『尾崎放哉』（昭和三十八年・桜楓社）
村尾草樹『放哉』（昭和三十九年・層雲社）
大瀬東二『尾崎放哉の詩とその生涯』（昭和四十九年・講談社）
瓜生鐵二『放浪の詩人　尾崎放哉』（昭和六十一年・新典社）
上田都史『放哉漂泊の彼方』（平成二年・講談社）
荻原井泉水『放哉という男』（平成三年・大法輪閣）
村上護　瓜生鐵二　小山貴子編『放哉全集』全三巻（平成十三年・筑摩書房）

村上　護（むらかみ・まもる）
１９４１年、愛媛県大洲市生まれ。松山市で過ごしたのち26歳から東京在住。作家、評論家。人物評伝の著作が多く、主な著書は『放浪の俳人山頭火』『中原中也の詩と生涯』『安吾風来記』『虹あるごとく―夭逝俳人列伝』など、これまでに42冊の著書がある。俳句に関する編著も多く、『明治俳句短冊集成』（全３冊）『俳句の達人30人が語る「私の極意」』『俳句を訊く』などがある。現在は俳句四季大賞選考委員、正岡子規国際俳句賞関連の選考委員、調整委員などのほか北海道新聞、信濃毎日新聞、愛媛新聞など10紙に俳句コラムを毎日連載で十年余続けている。

放哉評伝　俳句文庫

平成十四年十月二十五日　初刷発行

著作者――村上　護

発行者――和田佐知子

発行所――株式会社　春陽堂書店

東京都中央区日本橋三―四―一六

電話〇三(三八一五)一六六六

カバーデザイン――山口桃志

印刷・製本　株式会社　平河工業社

落丁・乱丁はおとりかえいたします。
定価はカバーに表示してあります。